निखिल सचान

निखिल सचान हिंदी के एकमात्र IIT-IIM से पढ़े लेखक हैं और ये हिंदी के सबसे पॉपुलर लेखक भी हैं जिसके कारण इन्हें हिंदी का चेतन भगत भी कह दिया जाता है। लेकिन ये ख़ुद को निखिल सचान कहलाना ही पसंद करते हैं। इनके उपन्यास **'यूपी 65'** पर इसी नाम से एक वेबसीरीज़ JioCinema पर रिलीज हुई है। कहानी-संग्रह—**'नमक स्वादानुसार'** और **'ज़िंदगी आइसपाइस'** पर कई शॉर्ट फ़िल्में बनी हैं और इनकी कहानियों का देश भर में मंचन होता रहता है। इनकी किताबों पर जर्मनी (मैक्सम्यूलर यूनिवर्सिटी) तथा अमेरिका (यूनीवर्सिटी ऑफ़ ह्यूस्टन, टेक्सस) में थीसिस छपी है और उन्हें देश-विदेश में मान-सम्मान भी मिला है। इन दिनों निखिल कई सारी निर्माणाधीन फ़िल्मों तथा वेबसीरीज़ की पटकथा तथा संवाद लिख रहे हैं।

Email - authornikhilsachan@gmail.com
Facebook - facebook.com/nikhil.sachan
Twitter - twitter.com/SachanNikhil

ज़िंदगी आइस-पाइस

निखिल सचान

हिन्द युग्म

ISBN : 978-93-84419-20-2

प्रकाशक :
हिंद युग्म
सी-31, सेक्टर-20, नोएडा (उ.प्र.)-201301
फोन- 0120-4374046

मुद्रक : विकास कम्प्यूटर ऐंड प्रिंटर्स, दिल्ली
कला-निर्देशन : विजेन्द्र एस विज

पहला संस्करण : मई 2015
नवाँ संस्करण : अक्टूबर 2024
मूल्य : ₹199

Zindagi Aais Pais
A collection of short stories by *Nikhil Sachan*

Published By
Hind Yugm
C-31, Sector-20, Noida (UP)-201301
Phone- 0120-4374046
Email- sampadak@hindyugm.com
Website- www.hindyugm.com

Ninth Edition: Oct 2024
Price: ₹199

माँ और पापा के लिए
जिन्होंने बोलना सिखाया

दीदी के लिए
जो सिद्धार्थ को बोलना सिखा रही है

शुभांगी के लिए
जिसको बोलते हुए सुनना, सुकून देता है

बात की बात

मेरी पहली किताब 'नमक स्वादानुसार' को आपने बे-इंतिहा मुहब्बत, इज़्ज़त और दुलार बख़्शा। अब 'ज़िंदगी आइस पाइस' भी उसी ख़ुदग़र्ज़-सी आरज़ू में आपके सानने है। मैंने कभी नहीं सोचा था कि मैं रातो-रात एक घोषित लेखक हो जाऊँगा। एक अदनी-सी किताब के लिए लगभग हर हिंदी-अंग्रेज़ी अख़बार, मैगज़ीन्स और यहाँ तक कि टीवी पर भी जगह पाऊँगा।

मेरे लिए यही बहुत था कि इक्का-दुक्का लोग फ़ोन पर या मेल पर मेरी तारीफ़ में चंद ईमानदार लफ़्ज़ कह दें। बेस्ट सेलर, पॉपुलैरिटी, सेल के नंबर्स, ताम-झाम, राज़्मटाज़ और आल-दैट-जैज़ तो बहुत दूर की कौड़ी थी। पर जितना कुछ मिला, उससे इतना अभिभूत हूँ कि हिया जुड़ा गया है।

लिखना मेरे लिए बस रोमैंटिसाइज़ करना भर रहा है। हाँ! ये अलग बात है कि ये रोमैंस मैंने पूरी शिद्दत से किया और अभी तक कर पा रहा हूँ। स्मार्टफ़ोन, ई-मेल, मीटिंग्स, लैपटॉप और एम्बिशन के मकड़जाल में रोज़गार बुनते-बनाते और पूरी तरह प्रोफ़ेशनलिज़्म निभाने की क़वायद के बीच, जब भी समय मिला, लिखता रहा। सुधारता रहा। पढ़ता रहा और सीखता रहा। ऐसे में अक्सर ख़ुद के लिखे को परफ़ेक्ट बना लेने की ख़्वाहिश ऑब्सेशन में बदलने लगती है। उससे जूझता भी रहा।

न मालूम कब और कैसे लिखने का वक़्त निकाल पाया लेकिन ख़ुश हूँ, कि एक और किताब आपके बीच रख पा रहा हूँ। सुकून इस बात का है कि जब मैंने डरते-डरते अपने एडिटर साहब को किताब का पहला ड्राफ़्ट भेजा, तो उन्होंने कहा कि इस बार मेरी किताब सच में मुकम्मल हो

गई है और मैं पहली किताब से भी बेहतर लिख पा रहा हूँ।

ख़ैर, लेखक, एडिटर और पब्लिशर कभी किताबें मुकम्मल नहीं कर सकते। किताबें सिर्फ़ पढ़ने वालों से मुकम्मल होती हैं। इसलिए 'ज़िंदगी आइस पाइस' आप पर छोड़ रहा हूँ।

ज़िंदगी जहाँ कहीं हो, उसे खोजिए, धप्पा मारिए और खिलखिला के हँसिए।

इन कहानियों के ज़रिये (या इनके बिना ही) भूली-बिसरी गलियों में भटक आइए, खेलते-कूदते बच्चों को निहारिए, पुराने बंद संदूकों में सुकून के चार लम्हे खोजिए, कुछ पुरानी मुहब्बतों को याद करिए और मेरी मानें तो कुछ नई भी फरमाइए।

आपका

निखिल

कथाक्रम

ज़िंदगी आइस पाइस

आओ न पीछे से जाकर मारें उसको धप्पा
कहें घुमाओ हमको पिट्ठू लेकर चप्पा चप्पा

नीली वाली चिड़िया खोजें झबरा वाला पिल्ला
ढूँढ़ें कहाँ छुपा बैठा है निरा आलसी बिल्ला

ग़ैरज में है भूत भला क्या चलो झाँककर आएँ
देखें फ़र्स्ट कौन आएगा कसकर दौड़ लगाएँ

दिनभर खेलें हूल गदागद, राजा मंत्री बन लें
इन दोनों में चोर कौन है आओ बूझें चुन लें

खोजें कहाँ बड़ी वाली उँगली है इस मुट्ठी में
ख़ुशी की तरह छिपी हुई है जीवन की गुत्थी में

फिर एक परवाज़

ये वो हसीन दौर था जब नानू और सुबू की ज़िंदगी (आवास विकास कॉलोनी, नवाबगंज) में विक्की नहीं आया था। विक्की के आने से पहले सबकुछ कितना आसान था। वो दोनों आवास विकास कॉलोनी के सबसे 'करारे' लड़के हुआ करते थे। दुनिया मोटे तौर पर तीन टेरिटरी में बँटी हुई थी– स्कूल के भीतर, स्कूल और कॉलोनी के बीच, और कॉलोनी के अंदर। अगर स्कूल की टेरिटरी को एक बार के लिए हटा दिया जाए तो नानू और सुबू के हिसाब से वो कॉलोनी के ही नहीं बल्कि पूरी दुनिया के सबसे करारे लड़के हो सकते थे।

स्कूल भी एक वक़्त तक उनके कंट्रोल में था। लेकिन पिछले साल खन्ना मास्टर के आने के बाद से दोनों का गणित बिगड़-सा गया था। 'साला ख़ुद को विनोद खन्ना समझता है।' नानू अक्सर कहता था। 'छोड़ न यार, एक दिन मैं भी ऐसा अमरीश पुरी वाला तरकीब भिड़ाऊँगा कि उस विनोद खन्ने का सोम-सोम-सामो-शा-शा हो जाएगा।' कहकर सुबू नानू को शांत करा दिया करता।

सुबू ने नानू को 'बाई गॉड का प्रॉमिस' किया था और उसने इस भरोसे को दिल में बिठा कर विनोद खन्ने की टेंशन को बाहर निकाल दिया। वो ये भी भूल गया कि विनोद खन्ने ने उसे सब लड़कों (ख़ासकर लड़कियों)

के सामने मुर्ग़ा बनाया था और नैन्सी उसे देखकर बहुत हँसी थी। नानू की दिली ख़्वाहिश थी कि एक दिन नैन्सी को भी मुर्ग़ा बनाया जाए लेकिन सुबू ने उसे बताया कि खन्ने नैन्सी को कभी मुर्ग़ा नहीं बनाएगा।

"क्यों नहीं बनाएगा?" नानू ने पूछा था।

"अरे यार तू एकदम डफर है क्या!" सुबू ने कहा।

"क्यों इसमें डफर वाली क्या बात हो गई?"

"अरे यार! नैन्सी लड़की है!"

"हाँ तो?"

"ओ हो! तू कुछ नहीं समझता है यार! वो लड़की है। लड़कियाँ स्कर्ट पहनती हैं। उनको मुर्ग़ा नहीं बना सकते हैं न। पागल नहीं तो!"

"अरे हाँ बे! ये तो मैंने सोचा ही नहीं।" नानू ने दुखी होकर कहा। लेकिन अगले ही पल वो काफ़ी देर तक ये सोचकर हँसा कि अगर लड़कियाँ मुर्ग़ा बनेंगी तो वो कैसी लगेंगी।

और फिर इसी हँसी-ख़ुशी में जैसे-तैसे दोनों ने इस बात से समझौता कर ही लिया कि नैन्सी, जो उनकी नंबर वन दुश्मन थी उसे कभी मुर्ग़ा नहीं बनाया जाएगा। समझौता किया था या शायद वो इस बात को भूल ही गए थे क्योंकि स्कूल के बाहर की टेरिटरी तो उनकी ही थी। कम-से-कम उस वक़्त तक तो ज़रूर, जब तक आवास विकास कॉलोनी में विक्कू नहीं आया था।

विक्कू अचानक यूँ ही आया। गर्मियों की छुट्टियों में, अप्रैल के महीने में। संडे की एक गनगुनी-सी, अलसाई-सी दोपहर में।

आवास विकास कॉलोनी के लड़के क्रिकेट खेल रहे थे, अंकल लोग घरों के बाहर चबूतरे पर सर्दियों की बची हुई मूँगफलियाँ खा रहे थे और आंटियाँ घर में रामायण और चित्रहार देखने के बाद आज थोड़ा अधिक फुर्सत में घर के कामकाज निपटा रही थीं।

"यार इसका बेबी ओवर करवाओ। लगातार चार वाइड फेंक चुका है।" सुबू चिल्लाया।

बेचारा विवेक बहुत देर से अपना ओवर ख़त्म करने की कोशिश कर रहा था लेकिन गेंद उसका कहा मान नहीं रही थी। वो दसियों क़दम दौड़ कर आता, और स्टम्प के क़रीब आते ही उसके रन-अप का हिसाब-किताब गड़बड़ा जाता और उसे अचानक रुककर गेंद फेंकनी पड़ती। कुछ दिन पहले तक उसे कॉलोनी के तेज़ गेंदबाजों में शामिल नहीं किया जाता था लेकिन जबसे उसने दिल्ली से नई क्रिकेट किट मँगाई थी तब से वो भी एक तेज़ गेंदबाज हो गया था।

कॉलोनी के लड़के उसे ख़ुश करने के लिए उसे मनोज प्रभाकर कहने लगे थे (और पीठ-पीछे मध्यम गति का झाँटू गेंदबाज कहते थे) कहने को कपिल देव भी कह सकते थे लेकिन बस एक क्रिकेट किट के हिसाब से ये थोड़ा ज़्यादा हो जाता। स्टम्प, बैट, टेनिस की गेंद और पैड्स के एवज़ में 'मनोज प्रभाकर' का टुच्चा-सा ख़िताब कोई बुरा सौदा नहीं था। हालाँकि, विवेक ने सौदा अपने हिस्से में मोड़ लेने के लिए एक्स्ट्रा डिमांड ये रख दी थी कि अब से नाली में गेंद जाने पर वो निकालने नहीं जाएगा।

सोनू कॉलोनी में क्रिकेट खेलने वाले लड़कों में सबसे छोटा था इसलिए अब विवेक के प्रमोशन के बाद नाली में से गेंद निकालने का ज़िम्मा उसके हिस्से था। सोनू इस ज़िम्मेदारी को मुस्तैदी से निभाता था और पुराने टूटे हुए वाइपर के डंडे से सेकेंडों में गेंद निकाल दिया करता था।

विवेक का ओवर कटकर बेबी ओवर नहीं हुआ और वो एक के बाद एक कुछ अधिक वाइड और कुछ बहुत अधिक वाइड गेंदें फेंकता रहा। ओवर की तेरहवी गेंद (जो कि वाइड नहीं थी) एक फुलटॉस थी और नानू ने उसे छह रन के लिए तान दिया। और यही वो वक़्त था जब विक्कू आवास विकास कॉलोनी के मानचित्र पर एक धूमकेतु की तरह चमक उठा था।

विक्कू ने यूँ ही एक हाथ से नानू का आसमानी शॉट बाउंड्री पर लपक लिया और गेंद छक्का होने से पहले ही उसकी हथेली में क़ैद-ए-

बामशक़्क़त, गिरफ़्तार हो गई। सभी लड़के उसे हैरत भरी नज़रों से देखते रह गए।

उसने गेंद वापस फेंक दी और वो बी-25 के नीचे खड़े ट्रक से अपना सामान उतरवाने लगा। चार सरकारी कर्मचारी उसका सामान दूसरी मंजिल पर चढ़ा रहे थे और वो मिनट-दर-मिनट आवास विकास कॉलोनी का हिस्सा होता जा रहा था।

तीन घंटे के भीतर चीफ़ इंजीनियर रघुवीर सक्सेना का बेटा विक्कू आवास विकास का उतना ही बड़ा हिस्सा हो चुका था जितना कि नानू और सुबू। बाक़ी लड़के (जिनमें कि नानू और सुबू नहीं थे) उसके ट्रक के इर्द-गिर्द मंडराते हुए ये देखते रहे कि ट्रकनुमा पिटारे से बड़े-बड़े कार्टनों में क्या-क्या उतर रहा है। इक्का-दुक्का लड़के हक से बी-25 तक हो भी आए, कुछ एक विक्कू की गियर वाली साइकिल देख रहे थे और दो-एक लड़के ट्रक के चारों ओर घूम-घूमकर उसपर लिखा स्लोगन (मारूती ते साबुनदानी है, ट्रक्काँ ही मर्दा दी निशानी है) पढ़कर हँस रहे थे।

विक्कू और कॉलोनी के बाक़ी लड़कों में कई बुनियादी अंतर थे। पहला ये कि विक्कू के पिता चीफ़ इंजीनियर (बड़े साहब) थे और बाक़ी लड़के जूनियर इंजीनियरों के बेटे थे। दूसरा ये कि विक्कू दिल्ली में डीपीएस से पढ़कर आया था जबकि यहाँ के लड़के सरस्वती शिशु मंदिर में पढ़ते थे। तीसरा ये (जो कि पहले और दूसरे अंतर का जोड़ भी कहा सकता है) कि विक्कू मॉडर्न, स्मार्ट और नए ज़माने का लड़का था।

इन तीनों अंतरों के चलते विक्कू कुछ ही दिनों में निर्विवाद रूप से कॉलोनी का सबसे करारा लड़का होता जा रहा था और सुबू नानू के हाथ से ये टेरिटरी भी फिसल रही थी।

नानू और सुबू के अलावा बाक़ी सारे लड़कों ने दो दिन में ही पार्टी बदलने का सिलसिला शुरू कर दिया था और वो आजकल विक्कू के इर्द-गिर्द ही मंडराते पाए जाते थे। वजह लाज़मी थी। विक्कू जो भी कार्टन-पिटारा खोलता था उसमें ऐसा कुछ निकलता था जो उन्होंने पहले कभी

पास से नहीं देखा था। या देखा था तो उसे छूने-खेलने की हसरत उनके मन में ही रह गई थी।

जहाँ नानू और सुबू कौव्वा लड़ाने और राजा-मंत्री-चोर-सिपाही जैसे क्रांतिकारी खेल खिलाकर कॉलोनी के लड़कों के बीच हीरो बने थे वहीं विक्कू सीधे ही दो रिमोट और गन वाला वीडियो गेम लेकर आया था। उसके पास बीसियों कैसेट थीं और हर एक कैसेट में निन्यानवे हज़ार नौ सौ निन्यानवे गेम हुआ करते थे—मारियो, कॉन्ट्रा, रोडरैश, आइसरनर, ओलम्पिक और न जाने क्या क्या।

जहाँ नानू और सुबू अभी तक इस बात का हूल देते आए थे कि उनके घर में लैंडलाइन फ़ोन है वहीं विक्कू सीधे कॉर्डलेस फ़ोन को हाथों में थामे कॉलोनी में आया था। और तो और वो कॉलर आईडी के ज़रिये ये भी बता सकता था कि फ़ोन कौन-से नंबर से किया गया है। जब भी उसकी मौसी उसे दिल्ली से फ़ोन करती थीं तो वो बालकनी में आकर उनसे बात करता, अंग्रेज़ी में 'हाय मौसी हाउ आर यू' कहकर बात शुरू करता और 'टॉक टू यू लेटर' कहके फ़ोन रखता।

कॉलोनी के बदले हुए समीकरणों से सुबू दुखी था। या ये कह लें कि वो रुँआसा था, रोना चाहता था और विक्कू को मारना चाहता था। दुखी होना एक उबाऊ और फालतू प्रक्रिया है इसलिए बच्चे दुखी नहीं होते। रो लेना और मार-पीट लेना बोरिंग नहीं है और कारगर भी है।

वो तमाम वजहों से विक्कू को मारना चाहता था, मसलन :

1. कल विवेक ने सुबू को पहली बार सुबू भैया कहकर नहीं बुलाया था। विवेक जो नाली में से गेंद निकालता था और जिसे पहली बार कॉलोनी की क्रिकेट टीम में सुबू ने ही भर्ती किया था।

2. विवेक की देखा-देखी कॉलोनी के बाक़ी बच्चे भी अब उसे भैया कहना भूल ही चुके थे। और तो और उनमें से अधिकतर विक्कू को भैया बुलाते थे जबकि वो उम्र में सुबू से छोटा था।

3. विक्कू के आने से क्रिकेट के नियम बदलने लगे थे और नानू

और सुबू के अलावा किसी ने उसपर आपत्ति भी नहीं जताई थी। पहली बार आवास विकास कॉलोनी में वन-टिप-वन-हैंड और एलबीडब्लू की घुसपैठ हुई थी। अब हर गेंदबाज को गेंद फेंकने से पहले ये भी बताना होता था कि वो 'ओवर दी' बॉलिंग करेगा या फिर 'राउंड दी'।

4. पहले जब भी कभी कॉलोनी में लाइट जाती थी तो सभी लड़के टॉर्च लेकर बाहर निकल आते थे और अँधेरे में आइस-पाइस और हूल-गदागद खेला करते थे। लेकिन अब विक्कू के घर में जनरेटर होने की वजह से सभी लड़के लाइट जाने पर उसके घर वीसीआर पर ब्रूस ली की फ़िल्में देखने पहुँच जाते थे।

5. विक्कू हरामी था (और इसकी कोई वजह नहीं थी)।

इतनी सारी वजहों को मद्दे-नज़र रखते हुए ये तय किया गया कि नानू और सुबू अपना खोया हुआ साम्राज्य वापस लेकर रहेंगे। मास्टर प्लान बनाने के लिए टूटे गैरेज के अंदर मीटिंग बुलाई गई।

"यार ये बहुत हीरो बन रहा है। जल्दी ही कुछ गेम करना पड़ेगा इसका। सभी लड़कों को हूल देना पड़ेगा कि वो उससे 'अट्टी-बट्टी जन्म भरे की कट्टी' कर लें। नहीं तो उनको हमेशा के लिए कॉलोनी की टीम से गेट आउट कर देंगे।" नानू ने पेप्सी कोला चूसते हुए कहा।

"कोई उससे कट्टी नहीं करेगा। उल्टा सब हमसे कट्टी हो जाएँगे।" सुबू ने होराइज़न से तीस डिग्री ऊपर देखते हुए दार्शनिक के अंदाज़ में कहा।

"क्यों नहीं करेंगे?" नानू ने रैंडमली फ़ायर होते हुए कहा।

"अबे यार तू एकदम बेकूफ है क्या? फालतू बात करता है!"

"अच्छा सारी यार।"

"कभी ख़ुद भी दिमाग़ लगाया कर यार।"

"हाँ, बात तो सही है तेरी... पर यार... तू ही बता दे न कि उससे कोई कट्टी क्यों नहीं करेगा?"

"उसका घर देखा है तूने? उसके पास ऐसे खिलौने हैं जो कॉलोनी

में किसी लौंडे ने पहले कभी देखे भी नहीं हैं। उसके पास गियर वाली साइकिल है जो सन्नी मोपेड से भी तेज़ भागती है। बंटी बता रहा था कि उसके पास सेंट वाली रबर है और विक्कू बीस रुपए वाले पायलट पेन से लिखता है। उसके पास ऐसी बंदूक़ है जिससे टीवी पर निशाना लगाने से तश्तरी फूट जाती है और कुत्ता हँसने लगता है।" सुबू एक साँस में कह गया।

"हाँ यार, वो गेम तो ग़ज़ब है। मैंने भी खेला था एक दिन।" कहते-कहते नानू किसी सुनहरी दुनिया में खो गया और उसके चेहरे के भाव पचरंगे हो गए।

"तू वो गेम खेलने गया! तू? विक्कू के घर?" सुबू ने नानू के मुँह से पेप्सी कोला की पन्नी खींचकर ज़मीन पर फेंक दी और अविश्वास में उसे गोलमटोल आँखों से घूरने लगा।

"नहीं यार... वो मतलब... मैं तो... ऐसे ही गया था यार। बस देख रहा था।" नानू ने जैसे-तैसे ज्वाब बनाया।

"ठीक है बेटा। अब तू जा बस। तेरी-मेरी दोस्ती केंसिल। अट्टी-बट्टी जन्म भरे की कट्टी।"

"अबे सुबू यार, इसमें कट्टी करने की क्या बात है? उसने खेलने ही कहाँ दिया था। बस एक चानिस दी थी और उसके बाद बाक़ी लोग की चानिस आ गई। फिर मेरी बारी आई तो बोला कि तेरी चानिस तो हो गई।"

"हाँ तो और खेल जाके उसके यहाँ। तू इसी लायक़ है।"

"अब नहीं खेलूँगा। तू ग़ुस्सा मत हो यार। भाई नहीं है?"

"ये भाई-भाई मत किया कर मेरे से। भाई वाला कोई काम तो करेगा नहीं तू। और लड़ाई होने पर तोता जैसे भाई-भाई रटने लगेगा।"

"अच्छा बेटा ये बात हो गई! मैंने भाई वाला कोई काम नहीं किया?" नानू का अंगूर जैसा चेहरा सिकुड़कर किशमिश हो गया।

"घंटा! क्या काम किया है? तू ख़ुद बता ज़रा।"

"मुझे जब दीदी टॉफ़ी देती है तो मैं तेरे लिया हमेशा आधी बचा के

लाता हूँ। लाता हूँ कि नहीं लाता?"

"तू सिर्फ़ चटर-मटर और गुरु-चेला लेकर आता है। जब भी दीदी तुझे किस्मी बार लाकर देती है तो उसकी आधी टॉफ़ी तू लाया है कभी?"

"तू किस्मी की बात कर रहा है। मैं तेरे लिए डेरी मिल्क लेकर आया था। चार रुपए की आती है बच्चू! बोल लाया हूँ कि नहीं?" नानू ने तमतमाते हुए कहा।

"हाँ लाया है।" सुबू ने अपनी ग़लती मान ली।

"बात करता है! तूने मेरे पेन की निब तोड़ दी थी तो मैंने ख़ुद पापा से मार खाई और तेरा नाम नहीं बताया।" नानू रुँआसा हो गया और उसका गला रुँध गया।

"अच्छा सारी यार। इतनी जल्दी ग़ुस्सा हो जाता है। भाई नहीं है तू मेरा?" सुबू ने नानू के कंधे पर थपकी देते हुए कहा।

"हाँ हूँ।"

"तो चल फिर दोस्ती कर वापस।"

दोनों ने कानी उँगलियाँ मिलाकर वापस दोस्ती कर ली। रिश्ता (जो कि टूटा भी नहीं था) मिनट भर में वापस जुड़कर और भी पक्का हो गया। हमेशा की तरह उँगली मिलाना बस एक बहाना भर था। लेकिन ऐसा करना ज़रूरी था क्योंकि छोटे बच्चों की सारी दोस्ती कानी उँगली में बसती है।

दोस्ती फिर से हो गई और विक्कू के रुतबे को ख़त्म करने का ग्रांड प्लान बनना शुरू हो गया।

सुबू और नानू एटीएन पर जो भी फ़िल्में देख रहे होते उसमें विलेन विक्कू होता और वो दोनों हीरो होते। 'सबसे बड़ा खिलाड़ी' में सुबू लल्लू (अक्षय कुमार) होता तो विक्कू अमर सिंह (सदाशिव राव अमरापुरकर); 'करन अर्जुन' में दोनों सलमान और शाहरुख़ होते तो विक्कू ठाकुर दुर्जन सिंह (अमरीश पुरी); 'बरसात' में सुबू बादल (बॉबी देओल) होता तो विक्कू, दिनेश ओबेरॉय (राज बब्बर) सारी फिल्मों में सलमान, शाहरुख़,

अक्षय और बॉबी देओल जैसे नामी-गिरामी हीरो, अमरापुरकर, अमरीश पुरी और राज बब्बर को यूँ ही नहीं मार दे रहे थे। पहले उन्हें तड़पाया जाता था। फिर ज़लील किया जाता था और आख़िर में मारा जाता था।

तय किया गया कि पहले विक्कू को नीचा दिखाया जाए।

नीचा दिखाने की पहली कड़ी में नानू का बर्थडे आया और उसमें आवास विकास कॉलोनी के सभी लड़कों को बुलाया गया। नानू ने ज़िद पकड़ ली कि इस बार मिक्की माउस के फ़ेस वाला केक आएगा। ज़िद भी इस हद तक पकड़ी कि माँ से मार खाने तक नहीं छोड़ी। बर्थडे से एक दिन पहले अपने लाल को पीटने के अपराधबोध ने माँ का कलेजा झिंझोड़ दिया और उसने नानू के पापा को अल्टीमेटम थमा दिया कि इस बार केक पर मिक्की माउस ही होगा।

सभी लड़के जैसे-तैसे कुछ-कुछ गिफ़्ट लेकर आए और गिफ़्ट थमाते ही उनकी आँखें मिक्की माउस को तलाश रही थीं। विक्कू भी गिफ़्ट लेकर आया और उसने नानू को 'हैप्पी बर्थडे' कहा। नानू ने जवाब में 'थैंक्यू' नहीं कहा और वो इस बात पर उलझ गया कि विक्कू को तो पार्टी में बुलाया ही नहीं गया था। आगे की कमान सुबू ने थाम ली और उसने विक्कू को वापस कट लेने का रास्ता दिखाया। विक्कू ये बोलते हुए वापस चला गया कि नानू ही असली 'लूज़र' है क्योंकि वो गिफ़्ट में नानू के लिए ब्रिक्स वाला वीडियो गेम लाया था जिसमें टेट्रिस खेला जा सकता था। नानू और सुबू को इस बात का आभास हुआ कि वो 'हार गए हरंटे' हैं। लेकिन असली हार इसके आगे खड़ी थी।

विवेक (जो कि नाली में से गेंद उठाकर लाता था) चीख़ता हुआ आया कि विक्कू के घर वीसीआर पर 'विश्वात्मा' लगी है और उसके बाद 'मृत्युदाता' लगेगी। चूँकि केक कट ही चुका था इसलिए लड़कों ने धीरे-धीरे खिसकना शुरू कर दिया। थोड़ी ही देर में पार्टी ख़ाली हो चुकी थी और सुबू नानू ये सोच रहे थे कि आख़िर ये आवास विकास कॉलोनी के लड़कों को हुआ क्या है? ये कल के लौंडे जो पहले उन्हें भैया-भैया

कहते नहीं थकते थे उनके ईमान-धर्म का जॉनी लीवर क्यों हो गया है? वो आख़िर क़ादर ख़ान की तरफ़ हैं या गोविंदा की तरफ़?

बदला लेने और नीचा दिखाने की दूसरी कड़ी में ये तय किया गया कि विक्कू को स्कूल में ज़लील किया जाए। गर्मी की छुट्टियाँ ख़त्म हो चुकी थीं और स्कूल में विक्कू की नई भर्ती हुई थी। नानू और सुबू इस जुगत में लग गए कि किसी तरह से विनोद खन्ने की क्लास से ठीक पहले मॉनीटर से विक्कू का नाम बोर्ड पर लिखवा दिया जाए और जब 'विनोद खन्ने' उसका नाम बोर्ड पर लिखा देखे तो विक्कू की ढंग से सुताई हो। लेकिन ये काम बेहद मुश्किल इसलिए था क्योंकि इस बार नैन्सी (जिसे कभी मुर्ग़ा नहीं बनाया जा सकता था) क्लास की मॉनीटर थी और वो उन दोनों की नंबर वन की दुश्मन भी थी।

नैन्सी को पॉपिंस से लेकर रंगीन लट्टू तक का लालच दिया गया लेकिन उसका ईमान डिगा नहीं। उसने आशिक़ी की ऑडियो कैसेट का ऑफ़र भी ठुकरा दिया क्योंकि अब वो राहुल रॉय पर जान नहीं छिड़कती थी। जूनून देख लेने के बाद से उसे राहुल रॉय पागल और डरावना लगने लगा था। आख़िर में सुबू ने नैन्सी के बेस्ट फ्रेंड रोहन को पटाने की जुगत भिड़ाई, क्योंकि नैन्सी रोहन की हर बात मानती थी। रोहन क्लास में फ़र्स्ट आता था और नैन्सी हमेशा सेकेंड रह जाती थी। वो रोहन जैसी बनना चाहती थी।

रोहन का ईमान नैन्सी जितना पक्का नहीं था और वो कुछेक बूम-बूम-बूमर चयूइंग-गम, अंडर टेकर और बिग शो के कार्ड और हीमैन के मैगनेट स्टिकर पर फिसल गया। रोहन ने 'प्लीज़ नैन्सी' कहा और नैन्सी ने विनोद खन्ने के आने से ठीक पहले शोर मचाने वाले बच्चों की लिस्ट में विक्कू का नाम सबसे ऊपर लिख दिया। थोड़ी ही देर में खन्ना मास्टर क्लास में दनदनाते हुए घुसे और उन्होंने बोर्ड पर सात लड़कों के नाम लिखा देखा।

नानू और सुबू की ख़ुशी का कोई ठिकाना नहीं था। वो विक्कू को

विनोद खन्ने से कुटते हुए देखना चाहते थे। खन्ना मास्टर का ट्रैक रिकॉर्ड शानदार था। वो लड़कों को एलबीडब्लू करने के मामले में एलन डोनाल्ड जितने ख़तरनाक थे। वो पीटने में क़तई भरोसा नहीं करते थे और 'कूटने' की फ़िलॉसफ़ी के अनुयायी थे। उनका स्टाइल यही था कि वो मारते कम घसीटते ज़्यादा थे।

"खड़े हो जाओ भई! ये सातों जमूरे।" खन्ना मास्टर ने आते ही फ़रमान सुनाया।

सातों लड़के खड़े हो गए। छह के पैर काँप रहे थे और सातवाँ विक्कू खन्ना मास्टर के प्रताप से बेख़बर पैर जमा कर खड़ा था। बाक़ी बच्चे सरेंडर कर चुके थे। उन्हें पता था कि उनके हाथ में अब कुछ भी नहीं है। खन्ना मास्टर ने अगला फ़रमान सुनाया कि जो लड़का अभी तुरंत बोर्ड पर आकर चौथे चैप्टर का तीसरा सवाल दो मिनट में हल कर देगा उसे पनिशमेंट नहीं दिया जाएगा। बाक़ी लड़कों को हफ़्ते भर तक खन्ना मास्टर के आने से पहले ही मुर्ग़ा बन जाना होगा और उनके जाने तक मुर्ग़ा बने रहने होगा।

खन्ना मास्टर का फ़रमान सुनने के बावजूद कोई भी लड़का अपनी जगह से हिला नहीं। सबको पता था कि चौथा चैप्टर एलसीएम और एचसीएफ़ का था और उसके सवालों से भिड़ना बेवक़ूफ़ी था। सुबू और नानू ख़ुशी के मारे अपनी जगह पर स्थिर बैठ नहीं पा रहे थे। वो आठ रुपए वाली प्लास्टिक की भारी वाली गेंद की तरह ऊँचा उछल जाना चाहते थे।

"सर एलसीएम ऑफ़ 12 एंड 15 इज़ 60। एचसीएफ़ ऑफ़ 12 एंड 15 इज़ 3।" विक्कू ने अपनी जगह पर खड़े-खड़े ही जवाब दिया। उसे बोर्ड पर आने तक की ज़रूरत ही नहीं पड़ी।

खन्ना मास्टर सन्न रह गए। नानू और सुबू को काटो तो ख़ून नहीं। खन्ना मास्टर के ग्यारह साल के करियर में आज तक ऐसा नहीं हुआ था कि किसी लड़के ने मुँह ज़बानी एलसीएम और एचसीएफ़ का सवाल हल कर दिया हो और उसका जवाब अंग्रेज़ी में उनके मुँह पर मारा हो। उन्हें

इस हद तक सदमा लगा कि उन्होंने विक्कू के हिस्से की मार में चार का गुणा करके बाक़ी लड़कों को परोस दिया।

एक बार फिर नानू और सुबू का अंगूर जैसा मुँह सिकुड़कर किशमिश हो गया। विक्कू बच गया। वो हीरो भी बन गया और उल्टे नानू और सुबू को बूम-बूम-बूमर च्यूइंग-गम, अंडर टेकर, बिग शो के कार्ड और हीमैन के मैगनेट स्टिकर का अदद नुक़सान हो गया।

विक्कू ने सचिन की तरह एफ़र्टलेसली उधेड़-उधेड़कर दोनों के दिमाग़ का शेन वार्न कर दिया था। दोनों को दिन-रात सपनों में विक्कू दिखाई देने लगा। वो उनकी हर फिरकी को उनके सर के ऊपर से लपेट देता था। 'मोड' बदलने से भी कुछ नहीं हो रहा था। शेन वार्न से गिलेस्पी में स्विच करना भी बेअसर रहा। फ़्लेमिंग और मैग्रा होना भी।

फिर भी विक्कू पर छोटे-बड़े तमाम बाउंसर जारी रहे। घूरने से लेकर स्लेजिंग तक। उसकी हिस्ट्री की नोटबुक ग़ायब करने से लेकर लंचबॉक्स में मिट्टी भरने तक। सफ़ेद शर्ट पर चेलपार्क की नीली इंक छिड़कने से लेकर पैंट पर च्यूइंग-गम चिपकाने तक।

लेकिन विक्कू बेअसर, बेखटके खड़ा था। सचिन की तरह।

जैसे नानू और सुबू कहीं थे ही नहीं। आस्ट्रेलियन गेंदबाज़ों की तरह। जैसे वो दोनों इस लायक़ भी नहीं थे कि विक्कू उनकी तरफ़ देखकर उन्हें तवज्जोह देता। जैसे मैदान में सिर्फ़ विक्कू था। जैसे विक्कू अजेय था। शक्तिमान था। कैप्टन व्योम था। ब्रम्हांड का रक्षक आर्यमान था। चाचा चौधरी था।

नानू और सुबू को यही बात ज़्यादा टीस रही थी कि विक्कू उन्हें लड़ने लायक़ भी नहीं समझ रहा था। वो डॉक्टर जैकाल, केकड़ामैन, विकाल, वेनम, दुर्दान, राका और गोबर सिंह से भी गए गुज़रे साबित हो रहे थे। स्कूल से लेकर कॉलोनी तक हर कोई विक्कू का लोहा मान चुका था। नानू और सुबू एक चुटकुला बन चुके थे। अब वो क्रिकेट भी अकेले खेलते थे। स्कूल में जब भी टीम बँटाई होती थी तो कोई भी कप्तान उनको अपनी

टीम में सबसे आख़िर में ही चुनता था।

टूटे गैराज पर फिर से मीटिंग बुलाई गई।

नानू इस हद तक बेचैन था जैसे प्रेशर कुकर में सीटी लगने पर मटन का लेगपीस। वो बुदबुदा रहा था। बड़बड़ा रहा था। अपने बेस्ट फ्रेंड की तरफ़ कातर निगाहों से देख रहा था। सुबू उससे नज़र नहीं मिला पा रहा था क्योंकि उसके पास विक्कू का कोई समाधान नहीं था। पहले ऐसा कभी भी नहीं हुआ कि नानू की किसी भी प्रॉब्लम को सुबू ने झट से सॉल्व न कर दिया हो।

"यार कुछ गेम कर न इसका।" नानू ने कहा।

"करते हैं।" सुबू ने कहा। ये एक बड़े-से सवाल का एक छोटा-सा जवाब था।

"क्या करते हैं?" नानू ने चिढ़कर कहा।

"मारते हैं साले को।" सुबू ने बिना चिढ़े कहा।

"हैं?"

"हाँ।"

"कैसे मारते हैं? मतलब, किसको?"

"किसको क्या! विक्कू को मारेंगे। मारना ही पड़ेगा। साला बहुत हीरो बन रहा है।"

"कैसे?" नानू ने फिर से पूछा।

"गुम्मा से।"

"पत्थर फेंककर?"

"पत्थर नहीं रे। गुम्मा से। पत्थर तो छोटा-सा होता है।"

प्लान ओपन एंड शट केस था। आगे कुछ बहस नहीं हुई, क्योंकि प्लान तो बहुत समय से बन रहे थे, बस एग्ज़ीक्यूट नहीं हो पा रहे थे। गुम्मा मार देना एक कारगर प्लान इसलिए था क्योंकि इंसानी सर पोपला होता है और जल्दी फूट जाता है। इसलिए भी क्योंकि वो कॉलोनी के बच्चों से तेज़ दौड़ लेते हैं और सट से ग़ायब भी हो सकते हैं।

दोनों गैराज के पीछे छुप गए। विक्कू का इंतज़ार होने लगा। विक्कू आधे-एक घंटे में अपनी गियर वाली साइकिल पर कॉलोनी के चक्कर लगाने निकला। सुबू पूरी तरह से तैयार था। एक पैर आगे और दूसरा पैर पीछे। विक्कू क़रीब आ रहा था। नानू ने उसके हाथ में पत्थर थमाया।

"अबे गुम्मा दे गुम्मा!" सुबू चिल्लाया।

"यार बहुत बड़ा है!"

"अबे दे साले!"

नानू ने सुबू के हाथ में गुम्मा थमाया और विक्कू के क़रीब आते ही सुबू ने गुम्मा कसके उसके सिर पर निशाना साध कर फेंका। गुम्मा उसकी ताक़त के हिसाब से ठीक-ठाक बड़ा था, इसलिए उसका निशाना चूक गया और वर्मा अंकल की कार के शीशे पर जा लगा। कार का शीशा चकनाचूर हो गया। दोनों इस ख़याल से अंदर तक हदस गए कि अगर गुम्मा उसके सिर पर लग गया होता तो विक्कू का सिर भी ऐसे ही चकनाचूर हो गया होता।

दोनों दौड़कर तब तक भागे जब तक कि उन्हें इस बात का सुकून नहीं हो गया कि वो अब कार से बहुत दूर आ चुके हैं। दोनों एक महफ़ूज़ जगह पहुँचकर ज़मीन पर लोट कर ख़ूब हाँफे।

"साले लग गया होता तो?" नानू डर के मारे हाँफा।

"सच में बे!" सुबू सुकून के मारे हाँफा।

"पूरा सर फट जाता उसका।"

"सही में यार! अच्छा हुआ बच गया।"

"अब शीशा तोड़ने के लिए कुटैया होगी घर में।"

"अबे पिट लेना बे, डेली तो मार खाते हैं हम दोनों। विक्कू मर-मुरा गया होता तो लंबे लपेटे जाते।" सुबू की हँसी छूट गई।

"हाँ यार, एक दिन और मार खा लेंगे।" सुबू को हँसता देखकर नानू भी हँस पड़ा।

दोनों बहुत देर तक पेट पकड़कर हँसते रहे। इस ख़ुशी में वो कितनी

बड़ी मुश्किल में पड़ने से बच गए। इस सुकून में कि विक्कू मरने से बच गया। इस अंदाज़े से कि वर्मा अंकल रोज़ घंटा भर अपनी कार को नहलाते हैं। वो अब जो कार का हाल देखेंगे तो उनकी हालत कितनी मज़ेदार होगी। जैसे-तैसे जो हाँफ दौड़ने से निकली थी, वो मद्धिम हुई, तो हँसते ही एक नई हाँफ छूट पड़ी। पहले दोनों ख़ुशी से हँस रहे थे और फिर इस वजह से हँस रहे थे कि दूसरा भाई कैसे पागलों की तरह हँस रहा था।

"अबे हँसना बंद कर।" सुबू ने कहा।

"पहले तू बंद कर।" नानू ने कहा।

"अबे मर जाऊँगा भाई! प्लीज़ हँसना बंद कर।"

"यार तू भी बंद कर न। तू हँसता रहेगा तो मैं कैसे हँसना बंद करूँगा।"

"भाई मर जाऊँगा। प्लीज़ मत हँसा।"

"मैं कहाँ हँसा रहा हूँ! साले तू ही हँसा रहा है। तुझे देखकर मुझे हँसी आ रही है।"

विक्की मल्होत्रा का प्यार

1. 20 सितंबर 2013 को छह बजकर बयालीस मिनट पर शाम के झुटपुटे के बीच, गुज़रात में एक महत्वाकांक्षी आदमी भारत का प्रधानमंत्री बनने का 'अति-महत्वाकांक्षी सपना' देख रहा था।

2. ठीक इसी समय दिल्ली की एक बड़ी (नीरस) मल्टीनेशनल कंपनी में, ओवरटाइम पर अपने बॉस से चिढ़ा बैठा, सत्ताईस साल का एक नवयुवक मैनहैटन जाकर उससे भी बड़ी कंपनी में नौकरी करने का चमकदार सपना देख रहा था।

3. वहीं जोधपुर की सेंट्रल जेल में, पिछले बीस मिनट से एक धर्मगुरु ध्यान में बैठा, एक महिला वैद्य से इलाज करवाने का सेहतमंद सपना देख रहा था।

4. छह बजकर बयालीस मिनट से कुछ घंटे पहले लखनऊ विधानसभा में समाजवादी पार्टी का एक दुबला-पतला विधायक, भारतीय जनता पार्टी के एक मोटे-तगड़े विधायक का अधगंजा सर फोड़ने का पाक-पवित्र सपना देख रहा था।

5. इन सभी बड़े, ग्रैंड और शानदार सपनों के बीच, विक्की मल्होत्रा दिल्ली के बुद्धा गार्डेन में, प्रिया का इंतज़ार करते हुए एक टुच्चा-सा 'लोअर मिडिल क्लास' सपना देख रहा था। प्रिया को प्यार करने का

सपना। उसके शरीर को बस एक बार छू लेने का सपना।

इतने सारे सपनों के बीच विक्की मल्होत्रा का सपना ऐसा दिखाई दे रहा था जैसे किसी फ़ाइव स्टार होटल के मेन्यू कार्ड में चिकन और मटन की अफ़ग़ानी, पेशावरी और पंजाबी लज़्ज़त के बीच दाल-खिचड़ी की बेहूदी फ़रमाइश।

लेकिन विक्की मल्होत्रा सच में प्यार करना चाहता था। और वो इतनी शिद्दत से प्यार करना चाहता था कि अगर छह बजकर बयालीस मिनट पर उसे देश का प्रधानमंत्री या मैनहट्टन में सीनियर कंसल्टेंट बनाए जाने की पेशकश की जाती, तो उसे बड़ी विनम्रता से ठुकराकर, बदले में विक्की मल्होत्रा बस प्रिया को प्यार करने का अधिकार माँग लेता।

जब वो बुद्धा गार्डन पार्क में तमाम सारे कपल्स को मुहब्बत करते हुए देखता, तो वो बस यही तमन्ना करता कि एक दिन उसके पास भी प्रिया आकर बैठे और उससे प्यार से बातें करे। वो हौले से उसके बालों पर हाथ फिराकर कहे, 'विक्की मल्होत्रा, आई लव यू।' वो 'आई' और 'लव' के बीच कोई और घुसपैठिया या लाग-लपेट नहीं चाहता था। 'आई रियली लव यू', 'आई एक्स्ट्रीमली लव यू' या फिर 'आई डीपली लव यू' कहे जाने की फ़रमाइश उसे क़तई नहीं थी। वो तो बस 'आई' और 'यू' के बीच में 'लव' को देखना चाहता था। उसे किसी भी तरह के लव से परहेज़ नहीं था। इश्क़ वाला लव, रूमी वाला लव, ख़ुसरो वाला लव, मिल्स एंड बूंस वाला लव, या फिर समीर के सदाबहार हिट्स वाला लव। वो उन सबसे गुले-गुलज़ार हो सकता था, बशर्ते कि वो लव प्रिया के साथ वाला लव हो।

चूँकि प्रिया अभी तक आई नहीं है और विक्की अकेले बोर हो रहा है इसलिए मैं इस ख़ाली समय का फ़ायदा उठाकर आपको विक्की के बारे में कुछ और ज़रूरी-सी बातें बता देता हूँ।

जैसे कि विक्की मल्होत्रा, विक्की का असली नाम नहीं था। उसका असली नाम सुधीर कुमार था। लेकिन ये नाम उसे लूज़रों वाला लगता था।

उसके हिसाब से ये बहुत लाज़मी बात थी कि आज कल की लड़कियाँ सुधीर नाम सुनते ही बिदक जाएँ। जहाँ सुधीर नाम में एक ग़रीब-सा देहातीपना था, वहीं विक्की मल्होत्रा नाम में एक अजीब-सा रुतबा था। वो एक अरसे से सोचता रहा था कि सुधीर नाम को तिलांजलि देकर एक नया नाम रख लिया जाए, लेकिन उसे समझ नहीं आ रहा था कि वो नया नाम आख़िर हो क्या?

वो नए नाम की तलाश में भटक ही रहा था कि एक दफ़ा उसने शाहरुख़ ख़ान की बाज़ीगर देखी। जिसमे शाहरुख़ अपना नाम अजय शर्मा से बदलकर विक्की मल्होत्रा रख लेता है और नाम बदलते ही, मदन चोपड़ा (यानी कि दिलीप ताहिर) विक्की मल्होत्रा की क़ाबिलियत से ख़ुश होकर विक्की को अपनी बेटी काजोल और 'पावर ऑफ़ अटर्नी' सौंप देता है।

विक्की मल्होत्रा हार कर जीतने वाला इंसान था। विक्की मल्होत्रा बाज़ीगर था।

उस दिन सुधीर कुमार रातभर ये सोचता रहा कि शाहरुख़ ने अपना नाम बदलकर विक्की ही क्यों रखा? वो शाहरुख़ है, कोई असरानी या जगदीप तो है नहीं कि कुछ भी बिना सोचे-समझे कर देता। और अगर उसका नाम सुधीर ही होता, तो क्या मदन चोपड़ा उसे पावर ऑफ़ अटर्नी देता? इस बात को समझने के लिए उसने अपने दिमाग़ में उस सीन के कई रीटेक लिए।

"सुधीर, ये लो पावर ऑफ़ अटर्नी।"

"सुधीर, मैं तुमको पावर ऑफ़ अटर्नी देना चाहता हूँ।"

"सुधीर, तुम बड़े क़ाबिल हो। मैं अपनी पावर ऑफ़ अटर्नी तुम्हारे नाम करता हूँ।"

"सुधीर ये लो... सुधीर... सुधीर... ?"

शिट!

किसी भी तरह से 'सुधीर' 'पावर ऑफ़ अटर्नी' के साथ फ़िट नहीं हो

पा रहा था। पर जैसे ही विक्की मल्होत्रा ने पावर ऑफ़ अटर्नी की तरफ़ हाथ बढ़ाया, मदन चोपड़ा ने तुरंत कहा- "विक्की माई ब्वॉय, प्लीज़ तुम कुछ दिन के लिए मेरा कारोबार सँभाल लो और मैं बेफ़िक्र होकर, इन झंझटों से दूर, थोड़े वक़्त के लिए छुट्टी ले पाऊँ।"

बदले में विक्की मल्होत्रा हकलाते-हकलाते हँसा।

यदि सुधीर कुमार हकलाते हुए हँसकर मदन चोपड़ा से हाथ मिलाता तो चोपड़ा उसकी जालसाजी तुरंत पकड़ लेता। लेकिन चूँकि उसका नाम विक्की मल्होत्रा था, इसलिए मदन चोपड़ा उसकी चालाकी नहीं पकड़ पाया। मदन चोपड़ा! जो ख़ुद एक छँटा हुआ हरामी था। मदन ख़ुद तो बेवक़ूफ़ बना ही, अगले ही सीन में काजोल शाहरुख़ के बालों से खेलती हुई पाई गई।

जैसे काजोल शाहरुख़ के आग़ोश में समा गई थी उसी तरह बुद्धा गार्डेन पार्क में तमाम प्रेमी जोड़े एक-दूसरे के आग़ोश में समाए हुए थे। उन्हें देखते हुए और प्रिया का इंतज़ार करते हुए, विक्की यही सोच रहा था कि अगर उसने प्रिया को अपना नाम सुधीर कुमार बताया होता तो क्या वो उससे पार्क में मिलने के लिए तैयार होती?

शायद नहीं।

'शायद नहीं' क्या 'पूरा नहीं' वाला नहीं।

उसने सोचा कि अगर उन दोनों की शादी का कार्ड छपता तो 'प्रिया वेड्स सुधीर कुमार' कितना बेढंगा लगता।

ऐसा नहीं है कि विक्की ने एकबारगी ही प्रिया को प्यार करने (या फिर छू लेने) का सपना देख डाला था। छू लेने की बात तो सोच पाने में उसे तमाम साल लग गए थे। वो तो शाहरुख़ की विचारधारा का था जो कहता था कि प्यार दोस्ती है। उसे मोहनीश बहल एकदम पसंद नहीं था क्योंकि उसने 'मैंने प्यार किया' फ़िल्म में सलमान और भाग्यश्री की पवित्र मुहब्बत का मज़ाक़ ये कहकर उड़ाया था कि एक लड़का और लड़की कभी दोस्त नहीं हो सकते।

एक दिन विक्की ने प्रिया से कहा था कि मोहनीश बहल बेहद ही नीच क़िस्म का इंसान है और उसे इस तरह के लड़कों से हमेशा बचकर रहना चाहिए। प्रिया भी विक्की की हरेक बात से इत्तेफ़ाक़ रखती थी और वो दोस्ती की कसौटी को अव्वल नंबरों से पार करने के बाद ही प्यार के हायर-सेकेंड्री में दाख़िल होना चाहती थी।

विक्की की इस सोच को समझ पाने के लिए हमें विक्की मल्होत्रा के डी.एन.ए. को पकड़कर हौले-हौले, सिरे से पूँछ तक, समझना होगा और कुछ साल पहले के विक्की मल्होत्रा की ज़िंदगी में टहलकर आने की मशक़्क़त करनी होगी।

टहल आने में कोई बुराई भी नहीं है क्योंकि प्रिया अभी तक नहीं आई है और विक्की ने उसके इंतज़ार में एक गोल्ड फ़्लेक सुलगा ली है।

विक्की मल्होत्रा (यानी कि सुधीर कुमार) छठवीं कक्षा से लेकर बारहवीं कक्षा तक एक ऐसे स्कूल में पढ़ा था जहाँ पर लड़कियाँ नहीं पढ़ती थीं। पढ़ते तो वहाँ लड़के भी नहीं थे लेकिन स्कूल ज़रूर आते थे। लड़कियाँ उस स्कूल में वैसे ही नहीं आती थीं जैसे हथेली पर बाल या बाल में खाल। ये एक ब्वॉयज़ स्कूल था। इसे स्कूल नहीं, विद्यालय कहा जाता था और यहाँ पर लंगोट, विज्ञान से कहीं ज़्यादा महत्वपूर्ण फ़लसफ़ा हुआ करता था। मुहब्बतें फ़िल्म के अमिताभ बच्चन की तरह इस विद्यालय का प्रिंसिपल परंपरा, प्रतिष्ठा और अनुशासन की ढपली बजाता था और अमिताभ से भी चार क़दम आगे सदाचार, संयम और ब्रह्मचर्य को जीवन का सबसे ज़रूरी पहलू समझता था।

यह एक हॉस्टल था जहाँ से बाहर निकलने की अनुमति महीने में एकाध बार ही दी जाती थी। बाहरी दुनिया से ताल्लुक़ रखने के लिए फ़िल्में और मोबाइल फ़ोन भी यहाँ मयस्सर नहीं थे। ऐसा माना जाता था कि फ़िल्में हमारी संस्कृति और सभ्यता का विनाश करने के लिए बनाई जाती हैं और इसमें ज़रूर विदेशी ताक़तों का हाथ है। कुछ एक मनचले क़िस्म के लड़कों ने दो-एक बार विद्यालय की बाउंड्री फाँदकर सिनेमाघर

जाने की कोशिश की, तो प्रिंसिपल साहब ने उनका सर मुड़वाकर दिनभर के लिए उन्हें चप्पलों के ढेर में बिठाकर रखा।

ऐसे माहौल में पढ़ते-लिखते, जब विक्की मल्होत्रा एक आदर्श बालक बनने की पुरज़ोर कोशिश कर रहा था तब उसके अधिकतर दोस्त गंदी फ़िल्में देखने में मगन थे। लेकिन तब भी विक्की मल्होत्रा अपने भीतर पैदा होती किसी भी प्रकार की 'वासना' पर क़ाबू पाना चाहता था और ब्रह्मचर्य का ज्वलंत उदाहरण हो जाना चाहता था। पर तुर्रा ये, कि विक्की तो चरित्रवान था लेकिन उसका हाथ चरित्रहीन क़िस्म का था।

उसका दिमाग़ दाएँ चलने को कहता था तो उसका हाथ चुपचाप बाएँ चल आता था। कभी-कभी उसका जी करता था कि वो अपना हाथ काटकर फेंक दे। लेकिन हाथ काटने के लिए भी हाथ की ज़रूरत होती है। वो ज़्यादा-से-ज़्यादा एक हाथ ही काट सकता था लेकिन ऐसा उसने इसलिए नहीं किया क्योंकि उसे पूरा यकीन था कि एक हाथ की अनुपस्थिति में, उसका दूसरा हाथ वो ज़लील हरकतें करना कभी नहीं छोड़ेगा।

इन इक्का-दुक्का मौक़ों की बात छोड़ दी जाए तो विक्की मल्होत्रा एक आदर्श बालक था और ऐसा बिलकुल नहीं है कि विक्की अपने चरित्र की इस कमज़ोरी पर शर्मिंदा नहीं होता था। विक्की मल्होत्रा कुंठा, यानी कि फ्रस्ट्रेशन का शिकार होता जा रहा था और अपनी हर नाकामी पर उसे गंभीर रूप से अपराधबोध होता।

इसलिए उसने क़सम खाई थी कि बारहवीं कक्षा पास करने तक विक्की इन सब ग़लत हरकतों से पूरी तरह दूरी बनाकर रखेगा और इसी क़सम के चलते, तब जबकि कॉन्वेंट में पढ़ने वाले लड़के-लड़कियाँ लव यू, मिस यू और फ्रेंड्स फ़ॉरएवर वाले क्यूट ग्रीटिंग कार्ड्स एक्सचेंज करने में लगे हुए थे, उस वक़्त हमारा विक्की मल्होत्रा आसाराम बापू के अज़ीम शाहकार 'यौवन सुरक्षा' में अपना माथा फोड़ रहा था।

हो सकता है कि आप ये भी समझ रहे हों कि इसका विक्की मल्होत्रा

के प्यार या फिर विक्की मल्होत्रा के सपने से घंटा लेना-देना नहीं है! लेकिन मुझे लगता है कि ये सब बताना बेहद ज़रूरी है और अगर मैं आपको ये सब नहीं बताऊँगा तो आप ये कभी नहीं समझ पाएँगे कि विक्की इतनी शिद्दत से प्रिया को प्यार करना और छूना क्यों चाहता था।

प्रिया, जो कि यहाँ अपने घर से बुद्धा गार्डेन पार्क के लिए निकल चुकी थी और उसने पीले रंग का सलवार सूट पहना हुआ था और दुपट्टे पर नीले रंग की छींट का सुंदर काम था। उसने ऑटो में बैठते ही विक्की को मैसेज भेजा—'रीचिंग इन टेन मिनिट्स डियर' विक्की ने मैसेज को पढ़ते ही सिगरेट बुझा दी और अपनी आँखों को बंद करते हुए गहरी साँस ली।

पता नहीं उसने गहरी साँस कोशिश करके ली थी या फिर प्रिया का मैसेज पढ़ने से उसे गहरी साँस ख़ुद-ब-ख़ुद आ गई। क्योंकि साँस उसे ऐसे ही आई थी जैसे बारिश में गीली मिट्टी की महक उठने पर भुट्टा खाने की तलब आती है या फिर फ़रवरी की लंबी सर्द रातों की आमद पर चाय का गिलास हाथों में पकड़ने की तलब अपने आप ही आती है।

विक्की आँखें मींचकर मिनट भर के लिए एक नई सुनहरी दुनिया में कूद गया और वो अपनी बढ़ी हुई धड़कनों को सुन सकता था। वहाँ बस विक्की था और प्रिया थी। वहाँ वो प्रिया को छू सकता था और प्रिया उसकी छुअन पर सिहर रही थी, खिल रही थी और बिना कुछ कहे विक्की को ये जता रही थी कि वो उसे कहाँ-कहाँ और कैसे-कैसे छू सकता है। छू लेना विक्की के लिए जान लेने जैसा था। एक ऐसी गुत्थी को सुलझा लेने जैसा था जिसे वो तमाम सालों से सुलझाना चाहता था। लेकिन विक्की प्रिया को डरते-सिहरते ही छू रहा था, उतना ही जितना कि ज़रूरी हो। उतना कि जितना प्यार में किया जाता हो।

जल्दी ही विक्की की आँख ये सोचते ही खुली कि उसे बाबा इलायची या पिपरमिंट खा लेना चाहिए। उसने हड़बड़ी में जेब में हाथ डाला तो क़िस्मत से मिंट की दो गोलियाँ बची हुई थीं। प्रिया का इंतज़ार करते हुए,

मिंट की गोलियाँ खाते हुए विक्की सोच रहा था :

1. क्या उसे प्रिया को बता देना चाहिए कि उसका असली नाम सुधीर कुमार है ?

2. क्या प्रिया, सुधीर कुमार को उसी तड़प से चूमेगी जिससे कि वो विक्की मल्होत्रा को चूमने वाली है ?

3. क्या प्रिया सुधीर कुमार को चुंबन देने से उसी तरह मुकर जाएगी जिस तरह से विक्की मल्होत्रा का प्यार विक्की के ख़यालों में मदन चोपड़ा सुधीर कुमार को पॉवर ऑफ़ अटर्नी देने से मुकर गया था ?

विक्की ने लकड़ी का एक छोटा-सा टुकड़ा उखाड़कर, पोली मिट्टी पर पहले सवाल का जवाब लिखा—'नहीं!'

वैसे तो दूसरे सवाल का जवाब भी 'नहीं' ही होता लेकिन तुरंत उसका जवाब 'न' में लिख देना उसे अपने पवित्र-पाक प्यार ('प्यार दोस्ती है' से शुरू हुए प्यार) का अपमान मालूम हुआ। इसलिए उसने दूसरे सवाल का जवाब लिखा—'शायद' और वो तीसरे सवाल की ओर बढ़ चला।

तीसरा सवाल बेहद पेचीदा था और विक्की उसका जबाव सोच ही रहा था कि उसने एक जानी-पहचानी ख़ुशबू महसूस की।

प्रिया की ख़ुशबू!

टैलकम पाउडर की ख़ुशबू! डियोड्रेंट की ख़ुशबू! धुले हुए बालों की ख़ुशबू!

वो एक छोटे बच्चे के उत्साह से पीछे मुड़ा तो उसका चेहरा प्रिया के दुपट्टे से ढँक गया। प्रिया विक्की के चेहरे से अपना दुपट्टा हटाए बिना विक्की की बग़ल में बैठ गई क्योंकि उसे हर बार से कुछ अधिक शर्म आ रही थी। 'कुछ अधिक' इसलिए क्योंकि वो कभी विक्की से सटकर नहीं बैठती थी।

अमूमन विक्की से न सटने की वजह ये थी कि उसे सटने की कल्पना मात्र से ही हरारत होने लगती थी। हरारत इसलिए क्योंकि वो शायद कभी किसी से (अपनी इच्छा से) सटी नहीं थी। उसने अपनी मर्ज़ी से किसी

की छुअन को देर तक महसूस नहीं किया था।

हालाँकि, छुअन से उसका परिचय हुआ ज़रूर था, लेकिन छुअन उसे अच्छा अनुभव देकर नहीं गई थी। छुअन उसके हिस्से में या तो तब आई थी जब उसने उसकी ख़्वाहिश नहीं जताई थी या फिर तब आई थी जब वो ये समझने के लायक़ भी नहीं थी कि छुअन के समीकरण के वेरिएबल क्या-क्या होते हैं।

छुअन की कशिश और शिद्दत के लिहाज़ से विक्की और प्रिया एक ही पेज पर थे। वो इस समय एक-दूसरे से सटे ज़रूर थे लेकिन इसके आगे की कार्यवाही फ़िलहाल उनके बस के बाहर थी। उन दोनों के बीच बस यही संभव हो पाया था कि विक्की की बड़ी उँगली, प्रिया की छोटी उँगली से गले मिलने आ पहुँची थी। ये आलिंगन उन दोनों के बीच का अकेला-पहला संपर्क सूत्र था।

जैसे किसी ने बिजली के पतले तार से, बिजली के मोटे तार पर कटिया मार दी हो और बिजली का आदान-प्रदान शुरू हो गया हो।

कटिया मारते ही, विक्की और प्रिया एक-दूसरे की साँसों की आवाज़ साफ़-साफ़ सुन सकते थे। क्योंकि इस वक़्त उनकी सारी इंद्रियाँ अपनी क्षमता से अधिक काम कर रही थीं। वो अधिक सुन सकते थे, अधिक देख सकते थे, अधिक छू सकते थे, अधिक सूँघ सकते थे और अधिक स्वाद ले सकते थे।

ये विक्की और प्रिया की ज़िंदगी का अभी तक का सबसे हसीन लम्हा था। और सबसे ताक़तवर भी। ताक़तवर इसलिए क्योंकि इस छोटे से लम्हे ने भारी-भरकम वक़्त को रोक दिया था। वो वक़्त जो कभी किसी के लिए रुकता नहीं है, उसे इस चूज़े से लम्हे ने कान पकड़कर बिठा दिया था।

विक्की और प्रिया जब भी इस दिन को याद रखेंगे तो इसी बात के लिए याद किया करेंगे कि इस दिन उन दोनों ने एक-दूसरे को पहली बार छुआ था। हालाँकि बाक़ी की दुनिया इस दिन को यदि याद करेगी तो कुछ ज़रूरी और महत्त्वपूर्ण बातों के लिए याद करेगी। महत्त्वपूर्ण। जैसे

कि इस दिन यमन की मिलिट्री और अल-क़ायदा की मुठभेड़ के बीच 46 लोग मारे गए।

ईरान के राष्ट्रपति ने सीरिया की सरकार से 'सिविल वॉर' के सिलसिले में बातचीत करने की इच्छा जताई।

एप्पल ने जापान में आई फ़ोन 5S और 5C लॉन्च किया।

अरमानी ने मिलान में स्प्रिंग-समर कलेक्शन पेश किया और एलेक्स रोड्रीगेज़ ने न्यूयॉर्क यैंकीस के लिए 24 ग्रैंडस्लैम होमरन्स का रिकॉर्ड बनाया। फिर भी, विक्की और प्रिया की प्रेम कहानी, इन बेहद ज़रूरी घटनाओं के बीच, अपनी ग़ैर-ज़रूरी उपस्थिति दर्ज कराने की कशमकश में उबाल ले रही थी। तब, जबकि वो दोनों इतिहास के इस लम्हे में अमर हो जाना चाहते थे। विक्की ने अचानक महसूस किया कि किसी ने उसकी पीठ पर लकड़ी की छड़ी (या फिर डंडे) से ज़ोर का वार किया है।

विक्की ने मुड़कर देखा, तो मोहनीश बहल जैसा दिखने वाला एक पुलिसवाला, दो पुरुष और तीन महिला पुलिसकर्मियों के साथ खड़ा, ग़ुस्से में फनफना रहा था। मोहनीश बहल और और उसके पाँचों साथियों ने पूरी उदारता के साथ, अपने-अपने मुँह से गालियों का फ़व्वारा खोल रखा था।

जिस तरह सभी नदियाँ और झरने, आख़िरकार, समंदर में मिलकर समंदर हो जाते हैं और उनका ख़ुद कोई अस्तित्व नहीं बचता। उसी तरह मोहनीश और उसके साथियों की गालियाँ, अपना गाली-नुमा ग़लीज़ अस्तित्व खोकर, विक्की की माँ-बहनों में मिलकर माँ बहन हो जा रही थीं। हालाँकि विक्की को गालियों की जगह बस यही सुनाई दे रहा था :

'एक लड़का और लड़की कभी दोस्त नहीं हो सकते।'

हालाँकि मोहनीश बहल कुछ और कह रहा था।

"साले, बड़ी आग लगी है तुम लोगों को। डंडा मार-मार के आज सारी अगन न बुझाई तो मैं अपने बाप का नहीं। इतनी ही खुजली है तो साले होटल क्यों नहीं कर लेते हो तुम लोग?"

अचानक पार्क में साफ़ा बाँधे हुए तमाम नवयुवक फूटकर बिखर

आए जो एक मिनट में देश की सभ्यता और संस्कृति को नुक़सान पहुँचाने वाले लड़के-लड़कियों को ऐसा सबक़ सिखा देना चाहते थे जो उन्हें ज़िंदगी भर याद रह जाए (मैं आपको उनके साफे का रंग नहीं बताऊँगा)। जब तक विक्की कुछ समझ पाता, उनमें से एक 'कल्चर-विजिलान्टे' ने प्रिया के बाल पकड़कर उसे ज़मीन पर पटक दिया और उसे कसकर थप्पड़ रसीद दिया।

मोहनीश बहल ने इस बात का विरोध नहीं किया और उसकी महिला पुलिसकर्मी साथियों ने 'कल्चर-विजिलान्टे' की हरकत से 'क्यू' लेते हुए प्रिया को थप्पड़ रसीदने की कार्यवाही आगे बढ़ानी शुरू की। बेसुध होती हुई प्रिया इस बात से हैरान हो रही थी कि ये कौन-सी महिलाएँ हैं जिनके हाथों में पुरुषों से अधिक जान है। ताक़त भी और वहशियत भी। एक वक़्त ममता सींचने वाले इन हाथों में इतनी निर्ममता कहाँ से आ ठहरती है।

वो चिल्लाते हुए ये भी पूछ रही थी कि वो उसे क्यों मार रही हैं और आख़िरकार उसने ऐसी क्या ग़लती कर दी है कि उसके साथ ऐसा बरताव किया जा रहा है। जो हद दर्जे की ग़लीज़ औरतों के साथ किया जाता है।

वैसा बरताव, जैसा उसका मामा, प्रिया की मामी के साथ करता था क्योंकि उसकी मामी अक्सर घर से बाहर जाने पर दुपट्टा लेना भूल जाती थी। उसके हिसाब से ये ग़लीज़ औरतों की पहली निशानी हुआ करती थी। लेकिन प्रिया तो आज भी दुपट्टा डालना नहीं भूली थी।

विक्की, जो अभी तक जड़ खड़ा था, वो ज़ोर-से चिल्लाया। और इतनी ज़ोर-से चिल्लाया कि महिला पुलिसकर्मी काँप गईं। मोहनीश बहल विक्की की इस धृष्टता पर ग़ुस्से में आगे बढ़ा और उसने विक्की का कॉलर पकड़ लिया। विक्की ने उसका हाथ अपने कॉलर से छुड़ाते हुए उसके पेट पर ज़ोर की लात मार दी।

"साले पुलिस वाले हो तो क्या लड़की पर हाथ उठाओगे तुम लोग। प्रिया को मारोगे तुम। साले हाथ ही तो पकड़े हुए थे और क्या कर रहे थे। तुम साला दो कौड़ी का आदमी जान ले लेंगे हम तुम्हारी।"

विक्की मोहनीश बहल की छाती पर बैठ गया था और घूसे मार-मारकर उसका मुँह तोड़ देना चाहता था। मोहनीश बहल की नाक से ख़ून का फ़व्वारा फूट पड़ा था। ये वो ग़लती थी जो विक्की को नहीं करनी चाहिए थी। सारे सिपाहियों और साफ़ा-धारियों ने विक्की को धक्का मारकर ज़मीन पर पटक दिया।

थोड़ी ही देर में विक्की मल्होत्रा ख़ून में लिथड़ा हुआ पड़ा था। आँख पर ख़ून होने की वजह से वो ये भी नहीं देख पा रहा था कि प्रिया रोते हुए, कान पकड़कर, उठक-बैठक लगा रही थी और साफ़ा पहने हुए लोग (जिसका रंग मैं आपको नहीं बताना चाहता) बीच-बीच में, प्रिया को, इधर-उधर छूकर ढंग से उठक-बैठक करने का आदेश दे रहे थे। प्रिया के पीले रंग के सलवार सूट का दुपट्टा (जिसपर नीले रंग की छींट का सुंदर काम था) ज़मीन पर गिर गया था, जिसे वो उठक-बैठक लगाने के दौरान उठा लेना चाहती थी। लेकिन उसकी इस ख़्वाहिश को ये कहके ख़ारिज कर दिया गया कि जब वो यहाँ दुपट्टा सरकाने ही आई थी, तो अब उसे उठाने का नाटक क्यों कर रही है।

वो प्रिया को आज ऐसा सबक़ सिखाना चाहते थे जिससे कि वो दुबारा उनकी संस्कृति और सभ्यता को खुले में गंदा करने से पहले दस बार सोचे। उनमें से एक ने प्रिया को बताया कि वो रंडी है। दूसरे ने प्रिया को छाती पर छूकर पूछा, "बहुत आग लगी हुई है यहाँ?" तीसरे ने सलाह दी कि उसके जैसी छिनार को जीबी रोड पर जाकर बैठ जाना चाहिए।

विक्की मल्होत्रा आँख पर ख़ून होने की वजह से ये भी नहीं देख पा रहा होगा कि प्रिया रोते-रोते पार्क से बाहर भाग रही है। वो बे-इंतिहा डरी हुई है। इतना कि अब वो शायद दुबारा कभी विक्की का फ़ोन भी नहीं उठाएगी। महिला पुलिसकर्मी ने केस को वहीं शट-डाउन करने की इच्छा से प्रिया के घर वालों को इस बात की इत्तिला कर भी दी थी कि उनकी बेटी एक नंबर की छिनाल है।

प्रिया उर्फ़ छिनाल भागते हुए ये सोच रही थी कि आज अगर वो घर

नहीं जाएगी तो कहाँ जाएगी। उसके घर में उसकी जैसी लड़कियों के लिए कोई जगह नहीं थी। क्योंकि उसके घर में पहले उसके मामा के लिए जगह थी। उसके बाद प्रिया के लिए।

आँख पर ख़ून होने की वजह से विक्की मल्होत्रा ये भी नहीं देख पा रहा होगा कि फटे कपड़ों में प्रिया बुद्धा पार्क से धौला कुआँ की रोड की तरफ़ बेसुध दौड़ रही है और भारतीय सभ्यता के चार रक्षक एक जिप्सी में उसका पीछा कर रहे हैं। प्रिया के फटे कपड़े, फटी हुई भारतीय संस्कृति को उजागर कर रहे थे और प्रिया उर्फ़ छिनाल इतना भी नहीं समझ रही थी कि फटे कपड़ों में सड़क पर दौड़ना भारतीय सभ्यता को किस हद तक शर्मसार कर रहा था।

ये तो भला हो भारतीय सभ्यता के उन रक्षकों का, जो साफ़ा बाँधकर जिप्सी में आए और प्रिया को गाड़ी में डालकर धौला कुआँ के बियाबान की ओर ले गए और वहाँ उसे ऐसा सबक़ सिखाया कि अब वो कभी भी इतनी घटिया हरकत करने की कोशिश नहीं करेगी।

इधर, बुद्धा गार्डन में विक्की मल्होत्रा जैसे-तैसे सुध बटोरकर वापस उठा और वो दोबारा मोहनीश बहल को गिराकर उसकी छाती पर बैठ गया और अपने हाथों की पूरी शक्ति बटोरकर उसने मोहनीश को तब तक घूसे मारे जब तक कि चरित्र के रक्षकों ने पीछे से मार-मारकर विक्की को अधमरा नहीं कर दिया।

वैसे तो विक्की चरित्रवान था। मगर उसका हाथ ही चरित्रहीन क़िस्म का था।

उन्नीस तियाँ सत्तावन

ये बात तब की है जब मैं तक़रीबन आठ साल का रहा हूँगा। मैं पापा के वेस्पा स्कूटर की आवाज़ कितनी भी दूर से सुन लिया करता था। कभी-कभी तो पापा के आने के पाँच-सात मिनट पहले ही मैं माँ को बता देता था कि पापा अब घर के पास वाले चौराहे पर पहुँच चुके होंगे और अब धीरे-धीरे ढलान से स्कूटर नीचे उतार रहे होंगे। ऐसा सचमुच होता भी था, कि कुछ ही मिनटों में पापा का वेस्पा हमारे दरवाजे पर आकर 'पी-पीप' की छोटी आवाज़ करता था। छोटी आवाज़ इसलिए क्योंकि पापा को शोर बिलकुल पसंद नहीं था।

माँ कहती थी कि पापा रोज़ ही सवा सात बजे घर आ जाते हैं। इस हिसाब से तो कोई भी अंदाज़ा लगा सकता है कि अब वो घर आने वाले होंगे। पर मुझे लगता है कि मैं सच में किसी छठे सेंस से उनका आना महसूस कर सकता था। जैसे चीटियाँ, कुत्ते और पंछी बहुत-सी ऐसी बातों के 'होने' का अंदाज़ा वक़्त से पहले ही लगा लेते हैं, जिनका पता हम बड़ी-बड़ी प्रयोगशालाएँ बनाकर भी नहीं लगा पाते।

मैं ये भी बता सकता था कि स्कूटर को स्टैंड पर खड़ा करते ही पापा, माँ को सब्ज़ी का थैला फ्रिज में रखने के लिए कहेंगे। माँ किचन में होने की वजह से सब्ज़ी को फ्रिज में रखने की बात दो-तीन बार में भी नहीं

सुन पाएगी लेकिन पापा नाराज़ हुए बिना, तीसरी या चौथी बार वही बात चिल्लाकर कहने के बजाय, ख़ुद ही सब्ज़ी का थैला फ्रिज में रख देंगे। ये सिलसिला हर रोज़ होता था पर माँ को शायद इस बात का पता इसलिए नहीं चल पाया होगा क्योंकि किसी की भी आवाज़ आँगन से किचन तक चिल्लाए बिना नहीं जा सकती थी। पापा ने चिल्लाकर कहने की कोशिश शायद इसलिए भी नहीं की होगी क्योंकि ऐसे चिल्लाना सिर्फ़ 'चिल्लाना' नहीं होता, बल्कि वो 'माँ पर चिल्लाना' हो जाता। माँ बीमार रहती थी और पापा उनकी हर छोटी-बड़ी बात का पूरा ख़याल रखते थे।

मैं ये भी बता सकता था कि आज भी पापा के ट्रांसफ़र की दरख़्वास्त की मंज़ूरी नहीं हुई होगी। इसलिए वो थोड़ा-सा परेशान दिखाई दे रहे हैं। बड़े बाबू ने आज फिर पापा को शराब में साथ देने के लिए घर बुलाया होगा लेकिन पापा ने मुस्कुराकर मना कर दिया होगा। बड़े बाबू ने फिर यही सलाह दी होगी कि अगर आप चीफ़ साहब को शराब की पार्टी का निमंत्रण देंगे तो आपका ट्रांसफर तुरंत हो जाएगा। पर पापा ने उस सलाह को भी मुस्कुराकर टाल दिया होगा। क्योंकि पापा दफ़्तर से सीधे घर आना पसंद करते थे।

दरअसल, दफ़्तर से घर आकर पापा को मुझे गणित पढ़ाना होता था। क्योंकि मैं गणित में कमज़ोर था। इसका मतलब ये हुआ कि पापा का ट्रांसफर मेरी वजह से ही रुका हुआ था और जब तक मेरा गणित मज़बूत नहीं होता हम कानपुर नहीं जा सकते थे। इसका मतलब ये भी हुआ कि कानपुर जाने के लिए मुझे मेहनत से पढ़ाई करना शुरू कर देना चाहिए था। लेकिन मैं ऐसा कर नहीं पा रहा था क्योंकि मेरा मन खेलने में ज़्यादा लगता था।

मुझे कभी-कभी इस बात पर बुरा भी लगता था, अपराधबोध भी होता था। लेकिन मैं जल्दी ही उस 'बुरा लगने' को भी भूल जाता था। बचपने की सबसे अच्छी बात यही होती है कि उस दौरान कोई भी बात, कितनी भी बार रट-रटकर भी दिमाग़ में बिठाई गई हो, वो घड़ी-दो-घड़ी में ही

दिमाग़ के पिंजरे से निकलकर उड़नछू हो जाती है।

यूँ ही हर बात भूल जाना कितना सुखद होता है, ये बात मैंने बड़े हो जाने के बाद समझी है। जब मैं चाह कर भी ऐसी तमाम सारी बातें नहीं भूल पाता जिन्हें याद रखने से सारी-सारी रात दिमाग़ में उलझन बनी रहती है।

बचपने में तो मैं ये भी भूल जाया करता था कि मेरे घुटने में चोट लगी हुई है और फूटे हुए घुटने के साथ मैं घंटों धूप में क्रिकेट खेलता रहता था। चोट की याद भी मुझे तब हो आती थी जब मुझे नहलाते हुए, ग़लती से माँ का हाथ घुटने से छू जाए या बस तो मुझे ऐसा लगे कि माँ का हाथ मेरे घुटने से छू गया होगा और फिर मैं घंटे भर रोता रहता था।

भूल जाने से मेरा मतलब ये नहीं है कि कोई बात आपके दिमाग़ के रजिस्टर से हमेशा के लिए मिटा दी जाए। भूल जाने का मतलब ये समझना चाहिए कि किसी चीज़ की मौजूदगी, उसके होने के बावजूद भी, ग़ैर-मौजूदगी-सी लगे। जैसे तमाम बार, यदि कोई आपको ये एहसास दिलाए कि आपकी ज़िंदगी में कितना-कुछ तो है, फिर आप दुखी क्यों हैं, तो आपको अचानक से अच्छा महसूस होने लगता है। और ऐसा सच में लगने लगता है कि हाँ, ख़ुदा की दी हुई कितनी ही नेमतें मेरे कबर्ड में क़रीने से सजी हुई हैं। मैं बस उन्हें देख नहीं पा रहा हूँ।

ये देखो... ये रही ख़ुशी। उस किताब की बग़ल में।

हाँ, तो मैं ये कह रहा था कि मैं ये बात भूल जाता था कि मुझे गणित की पढ़ाई अच्छे-से करनी चाहिए और एक से लेकर बीस तक के पहाड़े मुँह-ज़बानी याद कर लेने चाहिए। लेकिन बार-बार रटने के बाद भी मैं पहाड़ा भूल जाया करता था, ख़ास तौर पर सत्रह और उन्नीस का पहाड़ा। मैं बीस का पहाड़ा कभी नहीं भूलता था। पापा को भी ये बात अच्छी तरह पता होती कि मुझे बीस का पहाड़ा ज़बानी याद है और वो जानबूझकर उन्नीस का पहाड़ा सुनाने को कहते थे।

मैं पहाड़ा गाना शुरू करता था। बिना गाए पहाड़ा कह पाना मेरे लिए

संभव नहीं होता। कई-कई बार तो मैं पहाड़ा सिर्फ़ इसलिए भूल जाता था कि मैंने उसे जिस लय में याद किया था मैं वो धुन भूल चुका होता। हालाँकि, पापा को लगता था कि मैं पहाड़ा भूल गया हूँ पर मैं उन्हें ये बात कैसे समझाता कि असल में मुझे पहाड़ा याद है, बस धुन नहीं याद आ पा रही।

उन्नीस एकम उन्नीस।

उन्नीस दूनी अड़तीस।

उन्नीस तियाँ... उन्नीस तियाँ... ?

मैं कभी नहीं बता पाता था कि उन्नीस तियाँ सत्तावन होता है। कभी-कभी मुझे इस बात पर बहुत ग़ुस्सा आता था कि उन्नीस तियाँ सत्तावन क्यों होता है। सत्तावन मुझे एक बेहद घटिया नंबर लगता था लेकिन पापा कहते थे कि सत्तावन एक बेहद प्यारा नंबर है क्योंकि सन् 1857 में हमने आज़ादी की पहली लड़ाई छेड़ी थी।

हाँ तो, हमने बेशक सत्तावन में आज़ादी की मुहिम शुरू की होगी लेकिन सत्तावन ने मुझे गणित की ब्लैक एंड व्हाइट किताब और एक छोटे से नीरस क़स्बे में क़ैद कर रखा था। मैं आज़ाद होकर कानपुर के बड़े-बड़े मैदानों में क्रिकेट खेलने नहीं जा पा रहा था।

काश! उन्नीस एकम बीस होता उन्नीस दूनी चालीस और उन्नीस तियाँ साठ होता तो मैं कानपुर में क्रिकेट खेलकर क्रिकेटर बन जाता। लेकिन ये मुआ सत्तावन अपनी गंदी, बेढंगी शक्ल लेकर उन्नीस के पहाड़े में सिर्फ़ इसलिए घुस गया ताकि मैं, कभी भी क्रिकेटर न बन पाऊँ।

सत्तावन के अंक की क्रिकेट से दुश्मनी की बात मुझे तब पता चली जब टाइटन कप में सचिन दो बार सत्तावन पर आउट हो गया। हालाँकि पापा ने कहा कि ग़लती सचिन की ही थी और उसे राहुल द्रविड़ की तरह ऑफ़ साइड की गेंद से छेड़छाड़ नहीं करनी चाहिए थी। उसे सावधान रहना चाहिए था।

पापा सचिन को पसंद नहीं करते थे। उन्हें राहुल द्रविड़ पसंद था

क्योंकि द्रविड़ एक बेहद ज़िम्मेदार खिलाड़ी था और वो अच्छी तरह से जानता था कि उसकी एक ग़ैर-ज़िम्मेदाराना हरकत पूरे देश को शर्मिंदा कर सकती है। इससे भी ज़्यादा वो ये बात समझता था कि लोग उसे दीवार क्यों कहते हैं।

पापा हमारे घर की सबसे मज़बूत दीवार थे। हम उनकी हर एक बात पर आँख मूँद कर भरोसा कर सकते थे। वो कितना कुछ जानते थे। उस वक़्त गूगल नहीं होता था पर पापा होते थे। शायद गूगल उस वक़्त रहा भी हो पर हमें उसके होने का पता इसलिए भी नहीं चला होगा क्योंकि पापा के होने से हमें गूगल के होने की ज़रूरत ही महसूस नहीं हुई होगी।

पापा सबकुछ बता सकते थे। मैं पापा से पूछता था कि माँ की बीमारी ठीक तो हो जाएगी न! पापा मुस्कुराकर कहते थे कि माँ को कुछ नहीं होगा, उन्हें बस हल्की-सी खाँसी हुई है। मैं एकदम निश्चिंत हो जाता था। एक दफ़ा माँ को खाँसी के साथ ख़ून के थक्के भी आए, पर पापा ने कहा कि अब ऐसा दुबारा नहीं होगा। वो माँ को कानपुर के सबसे अच्छे डॉक्टर को दिखलाएँगे। और पापा अगले ही दिन माँ को लेकर कानपुर गए भी।

उसके बाद मैंने कभी माँ की खाँसी में ख़ून आता हुआ नहीं देखा।

पापा इसी तरह हमारी हर समस्या का समाधान कर दिया करते थे। हमारी समस्या माँ की बीमारी जितनी बड़ी हो सकती थी और स्कूल खुलने पर ढेर सारी कॉपी-किताबों पर कवर चढ़ाने जितनी छोटी भी। या फिर वो अलमारी के ऊपर सामान चढ़ाने जितनी ऊँची भी हो सकती थी। पापा खड़े-खड़े ही अलमारी के ऊपर सामान रख सकते थे।

उनका क़द बहुत ऊँचा और रौबदार था।

पापा जब हमारी किताबों और कॉपियों पर कवर चढ़ाते थे तो किताबें कितनी सुंदर लगने लगती थीं। वो हर एक काम कितने व्यवस्थित और सुलझे तरीक़े से करते थे! पहले कवर को ज़मीन पर बिछाया जाता था, फिर उसपर किताबों की नपाई होती थी, जिससे कम-से-कम कवर बेकार हो। बड़े रजिस्टर की बग़ल में पापा संस्कृत की छोटी वाली किताब लगा

देते थे। हम घर में असेंबली लाइन की तरह काम करते थे। पापा का काम कवर को कैंची से काटकर, किताबों को कवर में लपेटना होता था, उसके बाद मैं कवर की लंबाई और चौड़ाई को किताब की दफ़्ती में दबाकर दीदी की तरफ़ बढ़ा देता था। दीदी फटाफट उसपर स्टेपलर लगा देती थी। अगर माँ की तबियत ठीक होती थी तो वो किताबों पर रंग-बिरंगी चिट चिपका देती थी, नहीं तो वो काम भी दीदी ही कर देती थीं।

माँ पापा की समझ पर जान छिड़कती थी। वो मुझे अक्सर ये बताया करती थी कि जब मैं पैदा हुआ था तो मैं डॉक्टर की बताई तारीख़ से सोलह दिन पहले ही पैदा हो गया था। इस वजह से मैं बहुत कमज़ोर पैदा हुआ था। मेरा वज़न सिर्फ़ दो किलो और सौ ग्राम था। मेरा सिर तिकोना और बेढंगा था, इस वजह से माँ को मुझे गोद में लेने से डर लगता था। दादी ने माँ को समझाया कि उसे हल्के हाथों से मेरे सिर की तेल-मालिश करनी चाहिए और मेरे सिर को हौले-हौले गोल करना पड़ेगा पर माँ मालिश करने से डरती थी। मेरा सिर आटे की लोई की तरह पोला था, ज़ोर लगाने पर वह और भी बेढंगा हो सकता था। ऐसे में पापा मेरे सर की मालिश किया करते थे।

पापा की बड़ी-बड़ी हथेलियाँ मेरे सिर को ऐसे ढाँप लेती थीं जैसे एक मंझा हुआ कुम्हार चाक पर रखे मिट्टी के लोंदे को ढाँप लेता है। जैसे एक पेड़ ओस की बूँद को अपनी पत्ती पर उतार लेता है। जैसे एक सीप खारे पानी के क़तरे को अपने चिकने कवच में सँजोकर उसे मोती बना देता है। माँ कहती थीं कि मैं भी गीली मिट्टी, ओस की बूँद और खारे पानी के क़तरे की तरह, पापा की हथेली की सलाहियत पहचान कर कौतूहल से इधर-उधर मटकने-ढुलकने लगता था और ख़ुद-ब-ख़ुद मेरा सर गोल होने लगा। हालाँकि ये एक नियमित और धीमी प्रक्रिया थी पर ये पापा की हथेलियों का ही कमाल था कि मेरा बेढंगा सिर, सुंदर दिखने लगा।

दीदी मुझे हमेशा चिढ़ाती थी कि मेरे सिर के एक कोने पर अभी तक एक छोटा गुम्मड है (जिसे वो गैंडे का सींग कहती थी) लेकिन मैं उसकी

बात को अनसुना कर देता था क्योंकि मुझे पता था कि पापा अपने किसी भी काम में किसी भी प्रकार की ग़लती नहीं करते हैं। हो सकता है कि मैं खेलते समय कभी गिर गया हूँगा या फिर ये गुम्मड प्लास्टिक की आठ रुपए वाली मोटी-सी गेंद लगने से निकला होगा।

हाँ, गेंद लगने से ही हुआ होगा। गेंद सीधे सिर पर आकर लगी होगी और मैं उसे हथेली से रगड़ना भूल गया हूँगा। इसी वजह से गुम्मड बढ़ गया होगा।

मुझे अक्सर क्रिकेट खेलते हुए चोट लग जाती थी। कभी घुटना फूट जाता था तो कभी कोहनी छिल जाती थी, इसीलिए पापा कहते थे कि मैं क्रिकेट कम-से-कम खेला करूँ। लेकिन मैं दोपहर साढ़े तीन बजे से ही कॉलोनी में सबके दरवाज़े खटखटाना शुरू कर देता था। एक दिन तो मैं तीन बजे खेलने निकला और रात साढ़े आठ बजे घर लौटा। उस दिन पापा ने मुझे पहली बार मारा।

पापा ने गाल पर ऐसा तमाचा मारा था कि मैं ज़मीन पर गिर गया था। वो ग़ुस्से से झल्लाए हुए थे और लगभग काँप रहे थे। वो शायद इसलिए काँप रहे होंगे क्योंकि मारने के अगले ही क्षण उन्हें मुझे मारने का अपराधबोध होने लगा होगा और वो बहुत बुरा महसूस करने लगे होंगे। ऐसा एक बार तब भी हुआ था, जब उन्होंने एक शराबी को घूँसा मार दिया था, जिसने शराब के नशे में हमारी स्कूटर को टक्कर मार दी थी और हम ज़मीन पर गिर गए थे। मेरे माथे से ख़ून रिसता देख उन्होंने आवेश में शराबी को पेट पर घूँसा मार दिया था लेकिन उसे कराहता देख, पापा ने शराबी को सड़क के किनारे एक चबूतरे पर बिठाया और उसकी साइकिल किनारे खड़ी कर दी।

दीदी ने मुझे बताया कि आज फिर माँ को खाँसी में ख़ून के थक्के आए थे। खाँसते-खाँसते, जव वो दवाई खाने के लिए पानी लाने उठीं तो उनकी छाती का दर्द बढ़ गया और खाँसी बहुत ज़ोर से आने लगी। उस वक़्त न मैं घर में था और न ही दीदी। इसी झल्लाहट में पापा को ग़ुस्सा

आ गया होगा, वर्ना वो मुझे नहीं मारते। उस दिन मुझे पापा पर बहुत ग़ुस्सा आया था। इसलिए नहीं, क्योंकि उन्होंने मुझे थप्पड़ मारा था, बल्कि इसलिए क्योंकि उन्होंने कहा था कि माँ ठीक हो जाएगी और उसे कभी खाँसी में ख़ून नहीं आएगा। पापा ने झूठ कहा था। उनसे ये समझने में ग़लती हुई थी कि माँ का इलाज किस तरह से कराया जाए।

उस दिन मुझे ऐसा पहली बार लगा कि पापा कोई सुपरमैन-वुपरमैन नहीं हैं। वो बस पापा हैं। शिवम, वैभव, रचित, अभिषेक और अतुल के पापा की तरह। और पता नहीं क्यों उसके बाद से मुझे पापा के एक मामूली इंसान होने के सबूत हर छोटी-छोटी चीज़ में मिलने लगे।

उन चीज़ों में भी, जो पहले मुझे उनके सुपरमैन होने का संकेत देती थीं। वो बाज़ार में किसी रिक्शे वाले को हड़काकर उसे सामने से रिक्शा हटा लेने को नहीं कहते थे। वो इंतज़ार करते थे कि रिक्शा वाला जगह मिलने पर रिक्शा हटा ले और पापा गली से स्कूटर निकाल ले जाएँ। मैं चिढ़कर, रिक्शे वाले से चिल्लाकर कहता था कि वो जल्दी से अपना रिक्शा, किनारे से निकाल ले नहीं तो मैं उसका हैंडल टेढ़ा कर दूँगा।

बड़े बाबू अक्सर शुक्रवार की बाज़ार में मिल जाया करते थे। वो हमेशा की तरह पापा से कहते थे कि कभी उन्हें और चीफ़ साहब को पार्टी पर बुलाएँ पर पापा पहले तो मुस्कुराकर मना कर देते थे। फिर उन्होंने बड़े बाबू को देखकर कन्नी काटना शुरू कर दिया। अब वो शुक्रवार के बजाय, मुझे शनिवार को बाज़ार लेकर जाने लगे। मैं बड़े बाबू से चिल्लाकर कहना चाहता था कि हमने कोई दारू का ठेका नहीं खोल रखा है कि आप और चीफ़ साहब, जब जी करे, तशरीफ़ ले आएँ। अगर आपको दारू पीनी ही है तो आप चीफ़ साहब को ले जाकर, पुरानी मार्केट में सरकारी शराब की दुकान से दारू क्यों नहीं ख़रीद लेते? ख़ूब दारू पीजिए। और, आप और आपके चीफ़ साहब, वहीं बेहोश होकर मिट्टी में लोट जाइए।

माँ कभी-कभी हारकर कहती थी कि अब शायद वो नहीं बच पाएगी।

या तो इस डॉक्टर की दवा असर नहीं कर रही या फिर उन्हें एलोपैथी छोड़कर कुछ समय होमियोपैथी पर भरोसा करना चाहिए। पापा कहते थे कि हमें ख़ुद से दिमाग़ लगने के बजाय डॉक्टर पर भरोसा करना चाहिए। और कौन-सी दवा चलाई जाए, का फ़ैसला भी डॉक्टर पर ही छोड़ देना चाहिए। मुझे लगता था कि डॉक्टर जानबूझ कर माँ को असरदार दवा नहीं दे रहा ताकि वो कम-से-कम सालभर उसे दिखाने के लिए कानपुर आया-जाया करें और वो हर महीने हमसे पाँच सौ रुपए ऐंठ सके।

पापा बहुत भोले थे। और जब भी कोई चालाक आदमी हमें परेशान करने या बेवक़ूफ़ बनाने की कोशिश करता था तो वो उसकी चालाकी को पकड़ नहीं पाते थे। चालाक आदमी से मुक़ाबला करने के लिए आपका घाघ होना बहुत ज़रूरी है। मिसाल के तौर पर, अतुल के पापा बेहद चालक इंसान थे। पूरी कॉलोनी में सिर्फ़ अतुल के पापा के पास टाटा सफ़ारी थी और दो ड्राईवर हमेशा इस बात का ख़याल रखते थे कि सफारी हमेशा उनकी वर्दी से ज़्यादा सफ़ेद दिखाई दे। वो गाड़ी का दरवाज़ा खोलकर हमेशा उनको सलाम करते और बिना आवाज़ किए दरवाज़े को सलीक़े से बंद करते।

अतुल बताता था कि आज तक किसी भी नौकर ने उसके घर में थोड़ी भी हेरा-फेरी करने की हिम्मत नहीं की। उसके पापा को हमेशा पता होता था कि उनकी कौन-सी जेब में सौ रुपए के कितने नोट हैं और यहाँ तक कि एक रुपए के सिक्कों का भी अंदाज़ा उन्हें बराबर होता था। एक बार उन्होंने पंद्रह रुपए ग़ायब होने का शक होने पर धोबी की इतनी सुताई की कि उसने तुरंत बनियान की जेब से पंद्रह रुपए निकालकर मेज़ पर रख दिए।

धोबी तेरह साल का पतला-दुबला लड़का था। वो पापा के पास आकर घंटों रोता रहा कि वो उसे काम पर रख लें। उसने कहा कि उसने सच में कोई चोरी नहीं की है और उसकी बेवजह पिटाई कर दी गई। उसका कहना था कि वो पंद्रह रुपए भी उसने अपनी जेब से निकालकर

दिए थे जो उसने पिछले महीने की तनख़्वाह से बचाए थे।

मैंने पापा को समझाया भी कि वो उन्हें बेवक़ूफ़ बनाने की कोशिश कर रहा है और अतुल के पापा का अंदाज़ा कभी ग़लत नहीं हो सकता। पर पापा ने उसे काम पर रख लिया।

अतुल के पापा ने भी उन्हें समझाया कि वो ऐसी ग़लती न करें। पर पापा ने कहा- "मिश्रा जी, इतनी-सी उम्र में कोई चोरी क्यों करेगा?"

"चोरी का उम्र से क्या लेना-देना? आप भी अजीब बात करते हैं जी! चोरी तो इसके जैसे लड़कों के ख़ून में होती है।"

मिश्रा अंकल धोबी को दुबारा मारने के लिए बढ़ ही रहे थे कि माँ की हालत अचानक ख़राब होने लगी। उनकी साँस ज़ोर से फूल रही थी और वो चादर को अपनी मुट्ठी में कसकर दबाए साँस पकड़ने की कोशिश कर रही थीं। मिश्रा अंकल और पापा तुरंत माँ को टाटा सफ़ारी में बिठाकर अस्पताल ले गए और रातभर की मेहनत के बाद माँ की साँस नॉर्मल हो सकी।

"देखिए, मैं आपको अभी भी समझा रहा हूँ कि अस्पताल से छुट्टी मिलने के बाद भाभी जी को तुरंत हरिद्वार ले जाकर इनका होमियोपैथी इलाज शुरू करवाते हैं। ये सब साँस के पचड़े एलोपैथी से ठीक नहीं होते हैं।"

"नहीं मिश्रा जी, मैं इनको परसों वापस कानपुर ले जाऊँगा। यहाँ के डॉक्टरों का भी यही कहना है कि इनकी हालत जैसे ही थोड़ी स्थिर होती है, आप इन्हें कानपुर में उसी डॉक्टर के यहाँ भर्ती करवा दें जो अभी तक इनका इलाज कर रहे थे।"

पापा माँ को लेकर कानपुर चले गए। हमें लगा था कि पापा हमेशा की तरह अगले दिन माँ को लेकर वापस आ जाएँगे लेकिन धीरे-धीरे महीना डेढ़ महीना गुज़र गया। हम सिर्फ़ फ़ोन से जान सकते थे कि माँ की हालत में कितना सुधार हुआ है। हालाँकि, पापा फ़ोन करते, तो हमेशा यही कहते थे कि माँ धीरे-धीरे एकदम अच्छी होती जा रही है लेकिन मैं समझ चुका

था कि माँ ठीक नहीं है।

दीदी हमेशा यही कहती थी कि यदि पापा कह रहे हैं तो वो झूठ नहीं कह रहे होंगे। लेकिन मैं दीदी से हमेशा ये बात छिपा जाता था कि पापा कोई सुपरमैन नहीं हैं। वो बेहद साधारण आदमी हैं। शायद साधारण भी नहीं। मैं ये नहीं चाहता था कि जो निराशा और हताशा सच्चाई की तरह मेरे सामने आ खड़ी हुई है वो दीदी के हिस्से में आए।

ऐसा हमेशा होता था कि मुझे लगता कि मैं दीदी से ज़्यादा समझदार हूँ। जबकि दीदी को ऐसा लगता था कि वो मुझसे कहीं अधिक समझदार है। हाँ, ये बात ज़रूर थी कि दीदी के पास तमाम टेढ़े-मेढ़े सवालों का जवाब होता था क्योंकि वो साइंस और गणित अच्छे-से पढ़ती थी। वो उन्नीस का पहाड़ा बिना ग़लती किए सुना सकती थी और उसे पहाड़ा याद रखने के लिए किसी ख़ास धुन में गाने की ज़रूरत भी नहीं पड़ती थी।

पापा के न होने की वजह से दीदी मुझे रोज़ शाम पढ़ाया करती थी। उसने मुझे सत्रह और उन्नीस का पहाड़ा याद करने के लिए दिया हुआ था। मैं ग़ुस्से और ज़िद में ज़ोर-ज़ोर-से पहाड़े रट रहा था। ग़ुस्सा इसलिए क्योंकि तीन दिन से पापा ने फ़ोन नहीं किया था और ज़िद इसलिए क्योंकि मैं नहीं चाहता था कि अब जब भी पापा मुझसे पहाड़ा सुनें तो मैं अटक जाऊँ और वो उसको जवाब देकर सुपरमैन हो जाएँ।

"17 एकम 17

17 दूनी 34

...

17 छक्के 102... 17 सत्ते 119

...

19 दहाई 170"

...

"19 एकम 19...

19 दूनी 38...

"19 तियाँ..."

"19 तियाँ..."

मैं अपनी बेवक़ूफ़ी पर रोना चाहता था। लेकिन मैं इसलिए नहीं रोया कि मुझे रोता देखकर दीदी भी रोने लगती। मैंने पेंसिल की नोक को ज़ोर-से मेज़ पर पटककर तोड़ दिया और टूटी नोक की पेंसिल से काग़ज़ को रगड़कर फाड़ डाला। मैंने वो कवर भी फाड़ डाला जो पापा ने कॉपी पर चढ़ाया था।

"19 तियाँ 57 मेरे बच्चे..."

मैंने चौंककर पीछे देखा तो माँ और पापा लौट आए थे। माँ इतनी ख़ुश, सेहतमंद और सुंदर दिखाई दे रही थी, जितना पहले कभी नहीं दिखी होगी। माँ और पापा मुस्कुरा रहे थे और वो दोनों बाँहें फैलाए मुझे बुला रहे थे।

"19 तियाँ 57... तुम अभी भी भूल जाते हो बेटा!" पापा ने मुस्कुराते हुए कहा।

पापा ने कसकर मुझे अपनी बाँहों में भर लिया और मैं फूट-फूटकर रोने लगा। माँ ने दीदी को गोद में उठा लिया।

"देखो! पापा से ज़्यादा ताक़त आ गई है।" माँ ने मुस्कुराते हुए कहा।

मैं इतनी ज़ोर से हँसा कि बहुत ज़ोर-से रो पड़ा!

मुझे मेरा सुपरमैन वापस मिल चुका था।

बस्ती-बस्ती ढेर उदासी

मुझे नहीं पता कि मैं ये कहानी क्यों लिख रहा हूँ। ये कहानी ले-देकर चिराग़ की ज़िंदगी के दो-एक दिन के रैंडम स्नैपशॉट्स से अधिक कुछ भी तो नहीं है। और फिर उसमें भी मैं वही हिस्से चुन पाया हूँ जिसमें उदासी के अक्स के अलावा कुछ नहीं है। ख़ैर, जो भी, जितना भी, देख सुन पाया हूँ वो ज़ेहन पर ख़राशें छोड़ गया है। खोलकर नहीं रखूँगा तो छरछराता रहेगा। जलता रहेगा।

तरावट की इसी ख़ुदग़र्ज़-सी आरज़ू में ये कहानी कह रहा हूँ और आपको चेता भी रहा हूँ कि ये एक टिपिकल (अच्छी) कहानी नहीं है, पलायन की एक ख़्वाहिश भर है। इस कहानी में मुझे भी निराशावादियों के उसी पुराने कर्स ने डस रखा है जिसके चलते वो बस्ती-बस्ती घूमते-घामते बस ढेर उदासी ही देख पाते हैं। पर जो है, सो है। कह-सुन रहा हूँ।

पहला स्नैपशॉट : ससुराल सिमर का

दिन शुरू हुआ और उसकी ज़िंदगी में कोई ख़ास बदलाव किए बिना चला गया। कुछ लोगों को लगा कि चलो एक और दिन तमाम हुआ। और दिन को लगा कि चलो लोग, कुछ और तमाम हुए।

ऑफ़िस के लैपटॉप पर आख़िरी मेल भेजने के बाद चिराग़ ने जले हुए

दिन की बची हुई राख बटोरनी शुरू की। स्टिकी नोट्स पर टू-डू लिस्ट में कुछ काम बाक़ी थे। उसने लिस्ट डिलीट करने की कोशिश की तो लैपटॉप ने फिर से पूछा कि क्या वो सच में लिस्ट डिलीट करना चाहता है ? यूँ तो उसे आज एक अधूरी कहानी ख़त्म करनी थी और एक किताब के कुछ पन्ने भी। लेकिन उसने अनमने टू-डू लिस्ट डिलीट कर दी।

कुछ देर टीवी पर चैनल सर्फ़ किए। 301 पर सिमर ससुराल छोड़कर जा रही थी लेकिन उसकी दुष्ट सास उसे उसके तीन साल के बेटे से आख़िरी बार मिलने नहीं दे रही थी। 303 पर राम की तीसरी शादी हो रही थी और पूरा ख़ानदान इस उलझन में तमाम हुआ जा रहा था कि कौन किस गाने पर डांस करेगा। 401 पर ये बहस ज़ारी थी कि साईं भगवान् हैं या नहीं। 408 पर उस बच्ची की हैरतंगेज़ कहानी आ रही थी जो ज़िंदा साँप खाती थी। 617 पर रॉयल स्टैग का प्रचार आ रहा था जिसमें अर्जुन कपूर 'स्मॉल' मिलाता जा रहा था और अपनी ज़िंदगी को 'लार्ज' बनाता जा रहा था। 503 पर विद्या बालन ये बता रही थी कि जिस घर में शौचालय नहीं उस घर में बिटिया की शादी नहीं।

विद्या बालन को देखकर चिराग़ को वापस लैपटॉप याद आया और वो पॉर्नोग्राफ़ी सर्फ़ करने लगा। एशियन, लटाइना, जैपनीज़, एमेच्योर, होममेड, हार्डकोर, रैंडम और न जाने क्या-क्या उसे अपने आग़ोश में समा जाने का न्योता दे रहा था।

दिन हमेशा यूँ ही ख़त्म होता था। चिराग़ रोज़ एक टू-डू लिस्ट बनाता था जिसमें अधिकतर वो काम होते थे जो इंसान को उसके ज़िंदा होने का एहसास कराते हैं। मसलन किताबें पढ़ना, क़िस्से-कहानियाँ लिखना, फ़िल्में देखना और गज़लें सुनना। लेकिन अधिकतर वो इनमें से एक भी काम ख़त्म नहीं कर पाता था।

पॉर्नोग्राफ़ी देखना टू-डू लिस्ट में नहीं था, शायद इसलिए नियम से पूरा होता था।

एक जैपनीज़ लड़की चिराग़ को सुकून की रोज़ाना खुराक पहुँचाने ही

वाली थी कि तभी उसकी गर्लफ्रेंड ख़ुशी का एसएमएस आया—'चिराग़ इट्स नॉट वर्किंग! आई थिंक वी शुड ब्रेकअप।'

चिराग़ ने दाहिने हाथ से मोबाइल उठाया और चार-छह सेकेंड के लिए, फ़ोकस करके, ये सोचा कि क्या उसे एसएमएस का जवाब अभी देना चाहिए या नहीं। बाएँ हाथ ने नेगेटिव में जवाब दिया और दाएँ हाथ ने फ़ोन किनारे फेंक दिया। अगले साढ़े तीन मिनट में ख़ुशी ने कोई सात-आठ मैसेज और भेजे होंगे। लेकिन चिराग़ के बाएँ हाथ ने सोचा कि इन चार मिनटों में जवाब न देने से चिराग़ की ज़िंदगी ऐसी भी क्या बदल जाएगी।

मैसेज का जवाब न पाकर ख़ुशी ने झल्लाकर फ़ोन किया—'चिराग़ तुम्हें इतनी भी फ़ुर्सत नहीं है कि तुम मेरे मैसेज का जवाब दे सको? मैं तुमसे ब्रेकअप कर रही हूँ।'

'हम्म!'

'हम्म? ये हम्म क्या मतलब है?'

'दो मिनट होल्ड करो ख़ुशी।'

चिराग़ ने फ़ोन किनारे रख दिया। ग़ुस्से में ख़ुशी के चिल्लाने की आवाज़ें आती रहीं। चिराग़ जैपनीज़ लड़की को आँखें झुकाकर देख रहा था और वो चिराग़ को आँखें उठाकर ताक रही थी।

'हाँ, अब बोलो।' दो मिनट बाद चिराग़ ने फ़ोन उठाते हुए, गहरी साँसें लेते हुए, सुकून से कहा।

'वाट द फ़क्क... चिराग़! तुम इतनी ज़रूरी बात के बीच में मेरा फ़ोन कैसे रख सकते हो?'

'अब तुम मुझसे ब्रेकअप करना चाहती हो तो इसमें मैं क्या कर सकता हूँ ख़ुशी? दो मिनट फ़ोन पर बात कर लेने से कौन-सा तुम अपना इरादा बदल दोगी?' चिराग़ ने बौद्ध संन्यासियों-सी शांति का कलेवर ओढ़कर कहा।

'चिराग़ तुम्हारी इन्हीं सारी बातों की वजह से मैं तुमसे अलग होना

चाहती हूँ। हमारे बीच आख़िर बचा ही क्या है! हमें आख़िरी बार मिले हुए सात महीने हो चुके हैं। दिन में हम तीन-चार मिनट से ज़्यादा बात नहीं कर पाते। तुम्हारे पास तुम्हारी जॉब के सिवाय दिन में बचता ही क्या है? तुमसे बात करते हुए मुझे ऐसा लगता ही नहीं है कि मैं किसी ज़िंदा इंसान से बात कर रही हूँ। तुमसे ज़्यादा ज़िंदा तो वो टेडी बियर है जो तुमने मुझे मेरी सालगिरह पर दिया था।' एक साँस में जितना कुछ बोला जा सकता था, ख़ुशी ने आधी-पौने साँस में कह दिया और वो ग़ुस्से-से हाँफने लगी।

'मैं समझ सकता हूँ।'

'समझ सकते हो! क्या समझ सकते हो चिराग़?'

'एक सेकेंड ख़ुशी, किसी का फ़ोन आ रहा है...' चिराग़ ने ख़ुशी का फ़ोन अगले सात मिनट के लिए होल्ड पर डाल दिया। यूँ तो ख़ुशी तुरंत उसका फ़ोन काट देना चाहती थी लेकिन ये जाने बग़ैर बिलकुल नहीं कि ऐसे मौक़े पर चिराग़ किस इंसान की वजह से उसका फ़ोन होल्ड पर डाल रहा है।

'हाँ ख़ुशी बोलो।' चिराग़ ने लाइन वापस जोड़ी, 'एक दोस्त का फ़ोन था।'

'दोस्त! कौन-सा दोस्त?'

'है एक, ऑफ़िस के बाहर सिगरेट की दुकान है उसकी।'

'सिगरेट की! चिराग़ तुम पागल हो चुके हो! मैं फ़ोन रख रही हूँ।'

'...' चिराग़ ने जवाब नहीं दिया।

ख़ुशी कुछ देर चीख़ती-चिल्लाती रही। चिराग़ ने शायद कुछ इसलिए भी नहीं कहा क्योंकि वो ख़ुद नहीं चाहता था कि ख़ुशी जैसी प्यारी-सी लड़की उसके साथ रहकर अपनी ज़िंदगी ख़राब करे। उसे लगा कि ख़ुशी की एक-एक बात सच ही तो थी।

'चिराग़ तुम पागल हो।'

'चिराग़ तुम्हें साइकेट्रिस्ट की ज़रूरत है।'

'चिराग़ तुम एक आर्टिस्ट हो, तुम इस घटिया ऑफ़िस के लिए अपनी

हर अच्छी चीज़ क्यों बर्बाद कर रहे हो?'

'चिराग़ तुम वो क्यों बनना चाहते हो जो तुम नहीं हो?'

'चिराग़ यू डोंट लव मी।'

'चिराग़ डोंट यू लव मी?'

'चिराग़ यू आर अ हार्टलेस बास्टर्ड!'

दूसरा स्नैपशॉट : चिट्ठियों के ग़ुब्बारे

'मेरे तुम्हारे दरमियाँ
ये जो डोर है
उसमें
गाँठ बनकर ही सही
रह जाओ न!'

चिराग़ ने एक छोटी-सी पर्ची में ये कुछ लाइनें लिखकर उसे मरोड़ दिया और एक ग़ुब्बारे में ठूँस दिया। यूँ तो रोज़ाना बीस-तीस सिगरेट पीने की आदत ने उसके फेफड़ों की आधी जान खींच निकाली थी लेकिन जैसे-तैसे वो अब भी रोज़ रात यूँ ही छोटी-छोटी पर्चियाँ भर कर एक-दो ग़ुब्बारे फुला लिया करता और उन्हें हवा में छोड़ देता था। वो ये नहीं जानता था कि उसकी चिट्ठियों के ग़ुब्बारे कभी किसी तक पहुँचते हैं भी या नहीं लेकिन वो ऐसी चिट्ठियाँ नियम से लिखता-फूँकता-उड़ाता रहता था।

वो ये भी नहीं जानता था एक बार ऐसी ही एक चिट्ठी बीसवें माले पर बिना दरवाज़ा खटखटाए घुस आई थी और ख़ुशफ़हमी में किसी की उम्र में दो-एक दिन का इज़ाफ़ा कर गई थी। वो इस बात से भी ना-वाक़िफ़ था कि एक बार ऐसी ही एक चिट्ठी किसी ऐसे ने लूट ली जिसे पढ़ना नहीं आता था और उसने किसी और से वो चिट्ठी डरकर इसलिए भी नहीं पढ़वाई क्योंकि पढ़ लिए जाने से चिट्ठियाँ, चिट्ठियाँ नहीं रहतीं। काग़ज़ का टुकड़ा हो जाती हैं। वो इस बात से भी अनजान था कि एक

चिट्ठी हवा में ही फूट गई थी। शायद उस रात हवा में चुभन कुछ ज़्यादा रही होगी।

हर ऐसी बात से अनजान और ना-वाक़िफ़, वो ये ज़रूर जानता था कि बालकनी से उड़ जाने का मतलब था कि उसकी चिट्ठी पोस्ट ज़रूर हो गई है और उसके ज़ेहन का वज़न धनिया के दो कट्ठे जितना हल्का हो गया है।

'भाँति-भाँति के लोग भतेरे
भाँति-भाँति की ख़्वाहिश
भाँति-भाँति बारूद भतेरे
एक अकेली माचिस।'

उसने एक और चिट्ठी लिखी और उसे हवा में उड़ा दिया।

चिट्ठी का ग़ुब्बारा 'आम्रपाली रॉयल' के अँधेरे में डूबे टावरों में झाँकता हुआ उड़ चला। उसने देखा कि टावर-बी में 917 नंबर अपार्टमेंट में रागिनी बिस्तर पर सो रही थी और उसका पति राघव, सोफ़े पर। शादी के तीन साल बाद दोनों अब बिस्तर शेयर नहीं करते थे, अधिक-से-अधिक एक सिगरेट शेयर कर लिया करते थे। 1312 नंबर में सात बैचलर लड़के 'जस्ट मैरिड' कपल्स की तरह एक-दूसरे को पकड़कर बेसुध सो रहे थे। वो आज रात तीन सौ अस्सी रुपए में ओल्ड मौंक की कत्थई बोतल में सफ़ेद रंग की जन्नत ख़रीद लाए थे। टावर-सी में 1501 नंबर अपार्टमेंट में एक छोटा बच्चा अपनी माँ के पेट पर औंधा सो रहा था। ग़ुब्बारा उसकी खिड़की पर टकराया लेकिन नींद में होने की वजह से बच्चा उसे देख नहीं पाया और उसे लपक लेने के लिए दौड़ा नहीं।

इधर ग़ुब्बारे से बेख़बर, चिराग़ 'हंड्रेड पाइपर्स' के नशे में ख़ुशी के नए-पुराने एसएमएस पढ़ता रहा :

'यस्टरडे नाइट वाज़ रियली-रियली स्पेशल।'

'यू नो वॉट! मुझे तुम्हारी बाँहों में एक अजीब-सा सुकून मिलता है।'

'चिराग़, यू मस्ट डू व्हाट यू लाइक।'

'चिराग़, यू मस्ट थिंक बिग।'

'चिराग़, यू डोंट हैव टाइम फ़ॉर मी।'

'तुम कब तक बच्चों की तरह बिहेव करते रहोगे!'

'चिराग़, तुम इतने इनसिक्योर क्यों हो। गो एंड फाइट इट आउट।'

'चिराग़ प्लीज़, वो होने की कोशिश मत करो जो तुम नहीं हो।'

'चिराग़, मुझे नहीं लगता कि तुम वही चिराग़ हो जिसे मैं तीन साल पहले मिली थी।'

'चिराग़ यू आर अ हार्टलेस बास्टर्ड।'

ख़ुशी के मैसेजिस पढ़कर चिराग़ अपनी पिछली ज़िंदगी को सौ सवा सौ शब्दों में रिवाइज़ कर सकता था। टच फ़ोन पर उँगलियाँ फिराते-घुमाते वो ये देख पा रहा था कि पहले का चिराग़ तारीख़ों के फेर में कैसे आज के चिराग़ में बदल गया। ख़्वाहिशों से मुँह फेर लेना इंसान को किस हद तक मँहगा पड़ सकता है। वो ये भी सोच रहा था कि उसे जो एसएमएस ना-पसंद हैं, उन्हें डिलीट कर दिए जाने से क्या कुछ बदल जाएगा? क्या वो ख़ुशी से गिड़गिड़ाकर कुछ अच्छे एसएमएस मँगवा ले? जैसे—'चिराग़, यू टू हैव अ स्पाइन।'

'चिराग़, तुम अभी भी बेहद प्यारे हो।'

'चिराग़, मैं अभी भी तुम्हें बहुत प्यार करती हूँ।'

'चिराग़, यू आर नॉट इनसेन।'

या फिर ये—'चिराग़ तुम डरपोक नहीं हो और तुम भी सब छोड़-छाड़कर अपना सपना पूरा करने जा सकते हो।'

'चिराग़, तुम इस बाज़ार के ग़ुलाम नहीं हो।'

'चिराग़, तुम स्पेशल हो।'

उसने ख़ुशी को कॉल करने की कोशिश की लेकिन वो उसे ब्लॉक कर चुकी थी। ख़ुशी अब जा चुकी थी।

तीसरा स्नैपशॉट : बेल कर्व

अगले दिन सुबह हुई तो आनन-फ़ानन देखने में सुबह का नोएडा रात के नोएडा से बेहद अलग लग रहा था। रेडियो मिर्ची पर हस्की-सी आवाज़ वाली सारिका के हिसाब से आज की सुबह बड़ी ही क्यूटली रोमांटिक-सी सुबह थी। लेकिन जहाँ से चिराग़ देख पा रहा था वहाँ से दिखने वाली सुबह रात के उस अघोरी जैसे लगती थी जो बिना नहाए-धोए, ब्रश किए, बदबू मारते, टुकुर-टुकुर ताकते, मट्टी लपेटे, भौंचक्का-सा खड़ा हो गया हो और ये देख कर हदस गया हो कि वो शांत-सी अँधेरी रात, आँख लगने के फेरे में न जाने कहाँ गुम गई।

क्यूटली रोमांटिक सुबह के थोबड़े को हैरान-सा तकता वो ऑफ़िस पहुँचा तो उसे कुछ सर दिखाई दिए और तमाम सारे लैपटॉप। ये वो सर थे जिनमें कोई भाव नहीं था। रस भी नहीं। सुख या दुःख भी नहीं। बस कोने-कोने तक उदासीनता, इंडिफ़रेंस।

ये चेहरे आईने हो चले थे जिनमें मशीन की परछाईं मशीन से अधिक या कम कुछ नहीं थी।

हालाँकि ये चिराग़ का सोचना था। आभा का नहीं। आभा कहती थी कि उसकी टीम 'ऑसम' थी और चिराग़ को थोडा 'लाइट' लेने की ज़रूरत थी। वो हमेशा कहती थी 'लाइफ़ इस ऑल अबाउट एटीट्यूड' और चिराग़ को सबकुछ बुरा इसलिए नज़र आता है क्योंकि उसका एटीट्यूड अंदर तक नेगेटिव है। उसने अक्सर चिराग़ से बात करने की कोशिश की थी लेकिन चिराग़ आमतौर पर ऑफ़िस में किसी से बात करना पसंद नहीं करता था।

आभा पहले तो चिराग़ से बात करना पसंद करती थी लेकिन अब वो चिराग़ से डरने लगी थी। उसे चिराग़ की हरकतें बेहद अजीब लगने लगी थीं। मसलन, वो रोज़ सुबह ऑफ़िस आने पर कई बार यूँ ही अपना लैपटॉप ऑन किए बिना उसकी स्क्रीन देर तक घूरता रहता था। उसका शरीर हमेशा सिगरेट की बू की चादर में लिपटा रहता था। वो क्लाइंट के

मेल पढ़कर यूँ हँसने लगता था जैसे कि उसमें कोई चुटकुला लिखा हो। वो अक्सर आभा से कहता था कि वो यहाँ से रिज़ाइन कर दे नहीं तो उसे एलियन उठा ले जाएँगे।

"आभा, बिग ब्रदर इज़ वॉचिंग यू।"

"आभा क्विट!"

"आभा दे आर कंसपायरिंग टू ट्रांसफ़ॉर्म यू इन टू अ मशीन।"

"रन आभा रन!"

यहाँ चार हज़ार लोगों की कंपनी में उसके तीन ही दोस्त थे। पैंट्री में काम करने वाला दीपक, कैंटीन वाला हरीश और ऑफ़िस के बाहर सिगरेट बेचने वाला राजू। ऐसा इसलिए नहीं था कि चिराग़ हिंदी फ़िल्म के सहृदय हीरो (सलमान ख़ान) की तरह निचले तब्क़े के लोगों के लिए मन में दया रखता था। ऐसा बस इसलिए था क्योंकि वो यूँ ही चिराग़ के दोस्त बन गए थे। या ये कह लें कि चिराग़ उन्हें बर्दाश्त कर सकता था और वो चिराग़ को।

"क्या तुम मेरे केबिन में आ सकते हो?" चिराग़ को बुलाकर मैनेजर अपने केबिन की ओर बढ़ गया। चिराग़ ने मैनेजर का पीछे से पीछा किया।

"चिराग़, क्या तुम मुझे बता सकते हो कि पिछले कुछ दिनों से तुम्हारी परफ़ॉर्मेंस को क्या हो गया है? तुम एक सीनियर एंप्लॉय हो। ऐसी ग़लतियाँ तुमसे कैसे हो सकती हैं?"

"कैसी ग़लतियाँ?"

"कैसी ग़लतियाँ! तुम मुझसे पूछते हो चिराग़? कल तुमने क्लाइंट को जो फ़ाइनल डिलीवरी मेल भेजा था उसमें बिना कोई अटैचमेंट लगाए तुमने मेल में लिख दिया था—'प्लीज़ फ़ाइंड द अटैच्ड डिलिवरेबल!' तुमने क्लाइंट को बेवक़ूफ़ समझ रखा है या जासूस? या फिर कल यूँ ही मसखरी करने का मन था?"

मैनेजर देर तक कुछ-कुछ कहता रहा लेकिन चिराग़ कुछ ही देर तक उसे सुन पाया। बाक़ी समय वो बस ये देख पा रहा था कि मैनेजर का

मुँह खुलता है। हिलता है। बंद होता है। देखते-देखते मैनेजर एक बतख में बदल गया जो किसी ऐसी भाषा में जिबरिश कर रही थी जो चिराग़ नहीं समझता था। बतख बेहद दया की पात्र लग रही थी। एक ऐसी बतख जिसके पंख कुतर दिए गए हों और पैरों के पतवार आपस में बाँध दिए गए हों। एक ऐसी बतख जिसे गोद में बिठाकर उसकी पीठ पर हाथ फिर दिया जाए तो वो शांत हो जाएगी। थोड़ी देर गहरी साँसें लेगी, फिर मद्धिम साँसें और आख़िर में उसकी छाती की धौंकनी एकदम ठंडी पड़ जाएगी।

देखते-सोचते चिराग़ बौद्ध हो गया। तथागत हो गया। वो सच में इस तड़पती हुई बतख को उठा लेना चाहता था और उसे तब तक अपनी गोद में जकड़कर रखना चाहता था जब तक कि वो शांत नहीं हो जाती। कुछ देर के लिए। हमेशा के लिए।

इधर बीच जब चिराग़ मैनेजर को बतख समझ रहा था, उस दौरान मैनेजर ने उसे तमाम सारी नसीहतें दीं जो उसने अपने नौ साल के चमकदार करियर में सीखी थीं। बेहतर होता यदि चिराग़ ये सुन पाया होता कि अगर वो लगातार अच्छी परफ़ॉर्मेंस नहीं दे पाएगा तो वो कंपनी के 'बेल कर्व' के बाएँ कोने में सिमट जाएगा। वो उन 68 प्रतिशत लोगों में भी नहीं आ पाएगा जिन्हें कंपनी एवरेज समझती है। बेहतर होता यदि चिराग़ ये सुन पता कि एवरेज होना कितनी दयनीय बात है। मैनेजर (जिसे चिराग़ बतख समझ रहा था) अपने समूचे करियर के दौरान हमेशा बेल कर्व के दाहिने कोने में शान से पीठ टिकाए रहा और इसी वजह से उसकी ग्रोथ एक्सेप्शनल, अभूतपूर्व, एक्स्पोनेशियल, अद्वितीय और पीरियड रही।

मैनेजर उन 'विनर्स' में था जो 'लूज़र्स' नहीं थे। उसने बताया कि 'लूज़र्स' वो लोग हैं जो जवान उम्र में भी आराम-तलब थे। 'वर्क-लाइफ़-बैलेंस' की अजीब-अजीब बातें करते हैं और गाहे-बगाहे सैर-सपाटा करते हैं। 'विनर्स' वो लोग हैं जो इन सब ऐब-ओ-शौक़ को उम्र के आख़िरी मुक़ाम के लिए छोड़ देते हैं। धूप, आसमान, नदी, नाले, तारे, दरगाह, समंदर, किश्ती, गाँव, घड़ियाल और ऑल-दैट-बुलशिट देखने के लिए

सारी उम्र पड़ी हुई है। मैनेजर (जिसे चिराग़ बतख समझ रहा था) चिराग़ को ये सब इसलिए बता रहा था क्योंकि उसने चिराग़ में ऐसा टैलेंट देखा था जो उसने किसी और एंप्लॉय में पहले कभी नहीं देखा और वो सचमुच चिराग़ की गिरती हुई परफ़ॉर्मेंस से चिंतित हो उठा था।

चौथा स्नैपशॉट : क्लासिक माइल्ड्स

चिराग़ राजू की दुकान पर खड़ा क्लासिक माइल्ड्स सुलगा रहा था और राजू छह-आठ हाथों की रफ़्तार से कोट-पैंट-टाई वालों को अल्ट्रा, रेगुलर, माइल्ड्स, मेंथॉल, ब्लैक, मार्लबोरो बाँट रहा था। राजू को पता था कि चिराग़ का ब्रांड क्य है और आमतौर पर हर आने-जाने वाले का। राजू की दुकान (जो कि एक साइकिल भर थी) की छतरी के नीचे हज़ारों सिगरेट फूँकते-बुझाते चिराग़ और राजू का मेल वैसे ही हो गया था जैसे कि सिगरेट और पान-पसंद का। राजू पान-पसंद जैसा था, जिसकी पूछ सिगरेट के बग़ैर तनिक भी नहीं थी और चिराग़ सिगरेट जैसा था जिसे अपनी अकराहट, कसैलापन और तीखी भनक मिटाने के लिए पान पसंद की ज़रूरत दिन में ज़रूर पड़ती थी।

राजू की दिलचस्पी हर उस ख़ास बात जानने में थी जो काँच के शीशों के उस पार थी और चिराग़ उन सबसे सरोकार रखता था काँच के शीशे के इस पार थी। मसलन, राजू ये जानना चाहता था कि ऑडी से भी महँगी गाड़ी कुछ होती है क्या? इस बात में कितनी सच्चाई है कि ऑडी यदि ट्रक को लभेड़ दे तो ऑडी को तो कुछ नहीं होगा बल्कि ट्रक का बोनट डिसमिस हो जाएगा। राजू ये भी जानना चाहता था कि ये मैनेजर कौन कमीना जीव होता है। 'काहे से जो है' कि सिगरेट पीने आने वाला सारा साहब लोग उसको माँ-बहन-भौजाई का गाली नापता रहता है। कभी-कभी शुक्रवार को वो ये जानना चाहता था कि आज हर कोई इतना ख़ुश क्यों नज़र आ रहा है और मंडे को वो अक्सर इस सोच में पड़ जाता था कि आज इन सबकी कौन-सी नानी मर गई है जो हर कोई चार सिगरेट ज़्यादा

सुलगा रहा है। दिसंबर के आख़िर में ऐसा क्या होता है जो बहुत लोग उससे अपना हिसाब किलियर कराकर नौकरी छोड़ जाता है? और चिराग़ ये जानना चाहता था कि इस बार राजू छठ में घर जा पाएगा या नहीं? वो पिछली बार छठ में घर गया था तो छोटी बहन और माँ के लिए क्या ले गया था? वो कैसे सोलह सौ रुपए में अपने पूरे परिवार के लिए दुनिया-जहान की ख़ुशियाँ ख़रीद ले जाता है। सूती साड़ी, गुलाबी सलवार सूट, कुर्ता-पैजामा, फूल वाला हेयरबैंड, मच्छर मारने वाला रैकेट और स्टील का डिनर सेट। वो एक बार फिर से राजू से वो मज़ेदार क़िस्सा सुनना चाहता था जब वो अपने गाँव के दोस्तों को गप्प मारते हुए बताता है कि नोएडा में उसकी तीन-तीन गर्लफ्रेंड हैं और वहाँ सब कोई कितना फ्रेंक होती हैं। गाँव की लड़कियों टाइप सिल्बिल्ली नहीं।

"भैया जी, आज कल ऊ स्कर्ट वाली नहीं आ रही हैं सिगरेट पीने। उनको बुख़ार-उखार आ गया है क्या?" गंभीरता से राजू ने पूछा।

"कौन स्कर्ट वाली?"

"अरे ओही, आपके साथ जो भैया जी आते हैं उनकी सिटिंग।"

"वो कोई किसी की सेटिंग-वेटिंग नहीं है।"

"तो हम ही से सिटिंग करवा दीजिए उनका। एतना सुंदर रूप पाई हैं, बेकारे फेड हो जाएगा इकेले-इकेले।"

"तुमको लड़की लोग के अलावा और कुछ सूझता नहीं है?"

"सूझता है न भैया। गल्ले में नोट गिनने का। दिन में दो बेर सूझता है। एक बेर जब सुबह-सुबह साइकिल लगाते हैं। और एक बेर जब शाम को साइकिल स्टैंड से उतारते हैं।"

"अबे यार, तुम चुप करो बे। हमको ये फ़ालतू बात नहीं पसंद है। कितनी बार बताया है तुमको।"

"अरे चिराग़ भैया, आप तो बेकारे फ़ायर हो जाते हैं। आपका मूड ठीक करने को बोल रहे थे।"

"मूड माय फ़ुट!" चिराग़ ने दूसरी सिगरेट सुलगा ली। राजू खींसे

निपोरकर चुप हो गया और बाक़ी ग्राहकों के हालचाल लेने लगा। सिगरेट पर तरह-तरह की चर्चा हो रही थी, जिसे न चाहते हुए भी चिराग़ सुन पा रहा था और ये देख पा रहा था कि उसके आसपास के लोग किन-किन मुद्दों पर बात-बे-बात बिलबिला रहे थे। उसने देखा कि वो अचानक से झींगुरों में बदल रहे थे और झाँए-झाँए की तीखी कानफाड़ू आवाज़ों का इरीटेटिंग झुनझुना बजा रहे थे (हो सकता है यहाँ आभा को झींगुर नहीं दिखाई देते और वो अपनी फ़ेवरिट मिंट सिगरेट का छोटा छल्ला बनाने की 'कूल' कोशिश कर इस माहौल को एक 'लाइट-सा योलो सेटअप' बताती) पर चिराग़ के हिसाब से, कुछ एक झींगुर अपने स्मार्टफ़ोन के शीशे को अपनी नाज़ुक नुकीली टाँगों से खुरच रहे थे। कुछ बड़े तिलचट्टे को गाली दे रहे थे और उसे खड़ूस होने की वजह से कोस रहे थे। कुछ ये शिकायत कर रहे थे कि उन्हें कल रातभर काम की वजह से नींद नसीब नहीं हुई। कुछ कम मेहनताने की शिकायत कर रहे थे तो कुछ घुटन की। एक सुनहरा झींगुर ये कह रहा था कि अगर उसकी क़िस्मत साथ देती तो वो भी एक तिलचट्टा हो सकता था। इतने में एक झींगुर बोलते-बोलते यूँ ही उलट गया और वो इस बात की शिकायत करने लगा कि वो अब सीधा कैसे हो। वो पीठ के बल पड़ा हुआ अपनी सारी टाँगों और हाथों को हवा में इस उम्मीद से झटक रहा था कि वो कैसे भी सीधा हो जाए पर पलट नहीं पा रहा था। चिराग़ की इच्छा हुई कि वो उसके पेट को पैर से धकेलकर उसे सीधा कर दे पर उसे बिलबिलाता देख चिराग़ को हँसी आ रही थी।

पाँचवा स्नैपशॉट : पड़ोस वाले शर्मा जी

चिराग़ अपनी लिखी हुई अधूरी कहानियाँ पढ़ रहा था और नशे में बे-इंतिहा धुत्त था। धुत्त इसलिए कह रहा हूँ क्योंकि वो सुरूर में नहीं था। अज़ीज़ मियाँ और नुसरत फ़तेह अली ख़ान साहब सुरूर में थे पर उन्होंने शराब नहीं पी हुई थी। अज़ीज़ मियाँ मुँह में पाव भर पान का कत्था भरे

हुए कह रहे थे, 'फ़सले-गुल है शराब पी लीजे, शर्म कैसी जनाब पी लीजे" चिराग़ ने शर्म नहीं की। 'आगे चलकर हिसाब होना है, इसलिए बे-हिसाब शराब पी लीजे' चिराग़ ने बे-हिसाब शराब पी ली। अज़ीज़ मियाँ के क़व्वालों ने झूम-झूमकर ताली बजाई। चिराग़ उन्हें घूरता रहा लेकिन उन्होंने हड़बड़ाकर ताली की ताल में गड़बड़ नहीं की।

"अब आदम का ये हाल रहता है, मस्त रहता है चूर रहता है।" नुसरत साहब ने कहा और वो फिर थोड़ी देर के लिए अपने ही ट्रांस में चले गए। चिराग़ भी ट्रांस में चला गया और उसने नुसरत साहब का कहा मानकर चूर होकर शराब पी ली। इतना कि वो अपनी ही उल्टी में सना हुआ पड़ा था। हल्का होता तो शायद बह जाता लेकिन इंसान भारी होता है, इसलिए बहा नहीं।

उसकी कहानियों के पन्ने हल्के थे, इसलिए वो उसकी उल्टी में उतराने लगे। छुटपुट कविताएँ और भी हल्की थीं, इसलिए वो तैर भी गईं। एक कविता जो बाक़ी कविताओं की तुलना में थोड़ा अधिक रफ़्तार से तैर रही थी और उल्टी सोख रही थी, वो कविता कम सवाल ज़्यादा थी :

'बाँहों में दबाकर गुलाबी तकिया, सोते नहीं हैं
ये मर्द न जाने क्यों रातों में रोते नहीं है
दिल में छुपाए फिरते हैं, सब आरज़ुएँ जनानी
वही क्यों बनना चाहते हैं, जो होते नहीं हैं'

नीचे चिराग़ का साइन था जो गीला होकर ग़ायब हो चुका था। अगर चिराग़ ये जान पाता कि गीला होने से ग़ायब हुआ जा सकता है तो वो भी पूरी तरह गीला होकर ग़ायब होने की कोशिश करता। लेकिन वो बेख़बर धुत्त पड़ा हुआ था और उसके पेट के नीचे उसका स्मार्टफ़ोन दबा हुआ घों-घोंकर रहा था। साँस टूटने से दम तोड़ रहा था। उसकी स्क्रीन पर 'पापा कॉलिंग' का नोटिफ़िकेशन उछल रहा था और वो चिराग़ को पेट

पर धक्का मारकर उठाने की कोशिश कर रहा था। तीसरी घंटी पर चिराग़ ने जैसे-तैसे फ़ोन उठाया।

आज पापा अच्छे मूड में थे इसलिए उन्होंने ट्रिवियल से लेकर ख़ास तक सारी अपडेट्स दीं। चिराग़ ने बीच-बीच में 'हूँ' और 'हाँ पापा' कहकर फ़ोन कॉल को ज़िंदा रखा। अपडेट्स कई तरह की थीं। मसलन मिश्रा जी के लड़के का इस बार फिर आईआईटी में सेलेक्शन नहीं हुआ। मौसा जी का लड़का बैंक पीओ में भर्ती के लिए कोचिंग कर रहा है क्योंकि वो बीसीए में फिर से फ़ेल हो गया। ऑफ़िस में उनके बॉस ने प्रस्ताव रखा कि वो अपनी लड़की की शादी चिराग़ से करवाने के बारे में सोच रहे हैं। "अब ख़ूबसूरत है, जवान है, मल्टीनेशनल में है, आईआईटी से है। इससे ज़्यादा गार्जियन को और क्या चाहिए।"

चिराग़ ने फ़ोन स्पीकर पर लगा दिया और चेहरे पर लगी उल्टी साफ़ की। यूँ तो पापा कभी खुलकर तारीफ़ नहीं करते थे पर आज उन्होंने पहली बार कहा- "बेटा अच्छा हुआ तुमने अपना रायटर बनने का भूत उतार दिया। देखो आज तुम कहाँ पहुँच गए हो!" चिराग़ ने हड़बड़ाकर कमोड से मुँह बाहर निकाला।

"बड़े साहब की बात सुनकर सीना चौड़ा हो गया।" पापा ने कहा।

"चिराग़, कहाँ हो?" जवाब न पाकर पापा ने पूछा।

"वाइपर से उल्टी उलीच रहे हैं। दारू पी रहे थे।" चिराग़ ने ज़ोर-से हँसते हुए कहा।

"क्या? क्या बोल क्या रहे हो! चिराग़ होश में तो हो?"

"नहीं होश में नहीं हैं। दारू पी रहे थे न। इतना उल्टी किए कि पूरा शरीर सन गया है।" वो फिर हँसा।

"चिराग़, क्या बकवास कर रहे हो! तुम दारू पीते हो? मैं कल ही तुम्हारे घर आ रहा हूँ।" पापा ने ग़ुस्से में कहा।

"मत आइए।"

"मत आइए का मतलब?"

"मैं जा रहा हूँ।"

"कहाँ?"

"पता नहीं।" चिराग़ ने फ़ोन काट दिया और उसका सिम निकालकर कमोड में बहा दिया।

वापस आया तो नुसरत फिर से ट्रांस में जा चुके थे। या शायद आख़िरी बार ट्रांस में जाने के बाद से अभी तक वापस ही न आए हों। साथी क़व्वाल और छोटे राहत फ़तेह अली ख़ान उनके ट्रांस से वापस लौटने का इंतज़ार कर रहे थे और तालियाँ बजाते हुए उनका मुँह ताक रहे थे। नुसरत बेख़बर थे।

चिराग़ सोचने लगा कि काश, नुसरत को भी उनके वालिद का फ़ोन आ जाए और वो ट्रांस से जाग जाएँ। लेकिन नुसरत के वालिद ने उन्हें फ़ोन नहीं किया। चिराग़ हँसा और चिट्ठी का एक और ग़ुब्बारा लिखने बैठ गया :

'एक दिन
तुम भी हमसे कह देना
कि सुनो रे 'प्लूटो'
हम नहीं मानते
ये तुम्हारा वजूद
अब चलो यहाँ से फूटो!'

उसने ग़ुब्बारा उड़ाया लेकिन ग़ुब्बारा वज़नी होने की वजह से उड़ा नहीं और इधर-उधर भटककर गुम गया।

आख़िरी स्नैपशॉट : संपूर्ण क्रांति एक्सप्रेस

अगले दिन चिराग़ ऑफ़िस नहीं गया। बस यूँ ही निकल गया। चिराग़ वज़नी था, इसलिए उड़ा नहीं। वो संपूर्ण क्रांति एक्सप्रेस में बैठा हर पीछे छूट जाती हुई चीज़ को खिड़की से देख रहा था और ये सोच रहा था कि अगर संपूर्ण क्रांति एक ट्रेन है तो क्या ट्रेन एक संपूर्ण क्रांति है?

घर, मकान, झोपड़ी, वीराना, नदी, नहर, खेत, खलिहान, आदमी, औरत, जानवर, पेड़, सड़क, पटरी, लोहा, गिट्टी, मिट्टी, दुकान, नाका, क्रासिंग, थूक, बोतल, पन्नी, काग़ज़ सब पीछे छूट जा रहे थे। सब ट्रेन की रफ़्तार की दिशा से उल्टे दौड़ रहे थे। जैसे कि उन सबको ट्रेन से कोई एलर्जी हो। जैसे वो सब चुंबक का पिछला-हिस्सा हों और ट्रेन चुंबक का अगला-हिस्सा हो। जैसे वो सब चिराग़ की ज़िंदगी का पिछला-हिस्सा हों और ट्रेन में बैठा चिराग़ ख़ुद, चिराग़ की ज़िंदगी का अगला-हिस्सा हो। अगला चिराग़, पिछले चिराग़ से दूर, बहुत दूर भाग रहा था।

सालों-साल बाद सूरज साफ़ दिख रहा था। गोल और चमकदार। शायद पहले भी साफ़ रहा हो लेकिन दिख आज रहा था। पता नहीं क्यों सूरज पीछे नहीं छूट रहा था। ट्रेन जहाँ-जहाँ जा रही थी, सूरज हर उस जगह मौजूद मिलता था। चिराग़ ने सीखा कि सूरज को ट्रेन से एलर्जी नहीं थी।

दो बच्चे उँगलियों के बीच में गोल-चिकने पत्थर फँसा के बजा रहे थे और फ़िल्मी गीत गा रहे थे। बड़ी बहन ने हारमोनियम लटकाया हुआ था और वो गाती थी तो मंझला भाई दोहराता था। मंझले को जहाँ गीत के बोल नहीं समझ आते थे वहाँ वो पिछले शब्द को खींचकर भर देता था :

'दुनिया बनाने वाले
क्या तेरे मन में समाई
तूने काहे को दुनिया बनाई'
बड़ी बहन ने गाया।
'दुनिया बनाने वाले
क्या तेरे मन में...एँ.एँ.एँ.ई...
तूने काहे को ऊँ.ऊँ.ऊँ..एँ.एँ.ई...'

मंझले भाई ने दोहराया।

छोटे भाई ने हाथ फैला दिया। लोग जो अभी तक कौतूहल से गाना सुन रहे थे उन्होंने मुँह फेर लिया क्योंकि छोटा भाई हाथ बढ़ाकर उसी से

पैसा माँगता था जिसके चेहरे पर अधिक कौतूहल दिखाई देता था। इक्का-दुक्का लोग पैसा देना भी चाहते थे लेकिन पाँच का फटा नोट न होने की वजह से दे नहीं पा रहे थे। चिराग़ ने ऊपर की पॉकेट में हाथ डाला और एक नोट निकालकर हारमोनियम पर रख दिया। नोट पचास का था।

बड़ी बहन ने चिराग़ को कृतज्ञता से देखा और पचास के नोट को घूर कर। फिर उसने नोट अपनी फ्रॉक में डाल लिया नहीं तो वो हड़बड़ी और डर में गीत के बोल भूल जाती। फ्रॉक की जेब फटी होने से नोट नीचे गिर गया तो मंझला उसे उठाने दौड़ा लेकिन तब तक छोटा नोट उठाकर अपनी चड्ढी की इलास्टिक में खोंस चुका था। मंझले ने उसे एक चपत लगाई तो छोटे के सर पर उँगलियों के बीच में फँसा पत्थर लग गया और वो चीख़कर रोने लगा।

बड़ी बहन ने उसे घूर कर देखा और वो चुप होकर फिर से पत्थर बजाने लगा।

'काहे बनाए तूने माटी के पुतले
धरती ये प्यारी-प्यारी
मुखड़े ये उजले'
बड़ी बहन ने पूछा।
'काहे बनाए तूने
ऊँ...ऊँ...उतले
माटी ये उजले'

मझले भाई ने जवाब दिया।

चिराग़ ज़ोर-ज़ोर-से हँसने लगा और उसने पूरा पर्स लड़की के हारमोनियम पर ख़ाली कर दिया। लड़की डर गई और दोनों भाई उँगलियों में फँसे पत्थर ज़मीन पर फेंककर पर्स पर झपट पड़े।

'तू भी तो तड़पा होगा
मन को बनाकर
तोहफा ऊँ...ऊँ...

मन में ऊँ...ऊँ...'

लड़की ने गाया और वो आगे के गीत के बोल भूल गई। वो मंझले भाई को देखने लगी। वो आँखें मिचकाने लगा।

'तू भी तो तड़पा होगा मन को बनाकर
तूफाँ ये प्यार का मन में छुपाकर
कोई छवि तो होगी आँखों में तेरी
आँसू भी छलके होंगे पलकों से तेरी'

चिराग़ ने गीत को पूरा किया और वो ज़ोर-ज़ोर-से रोने लगा। लड़की डर गई और वो अपना हारमोनियम लेकर दौड़ गई। मंझला और छुटका हँसने लगे क्योंकि उन्होंने कभी जवान आदमी को रोते हुए नहीं देखा था। चिराग़ उन्हें हँसता देखकर और रोया। उसे रोते हुए बहुत सुकून मिल रहा था और मंझले-छुटके को हँसते हुए। चिराग़ और रोया, वो दोनों और हँसे।

बड़ी बहन दौड़ते हुए वापस आई और दोनों को घसीट कर दूर खींच ले गई। संपूर्ण क्रांति धीमी हो रही थी और तीनों लगभग कूदते हुए प्लेटफ़ॉर्म पर दौड़ पड़े।

चिराग़ उन्हें जब तक देख सकता था, देखता रहा। रोता रहा और रोते-रोते गाता रहा :

'प्रीत बना के तूने जीना सिखाया
हँसना सिखाया, रोना सिखाया
जीवन के पथ पर मीत मिलाए
मीत मिला के तूने सपने जगाए

सपने जगा के तूने
काहे को दे दी जुदाई
काहे को दुनिया बनाई
तूने काहे को दुनिया बनाई।'

अटरिया पे लोटन कबूतर रे

ये एक फ़ंडामेंटलिस्ट स्कूल था।

यहाँ दूबे माठ साब कोर्स के हिसाब से जब भी प्रेम पर कुछ इंटेंस-सा पढ़ाया करते, तो हमेशा यही कहते थे कि प्रस्तुत पंक्तियों आत्मा और परमात्मा के मिलन को बयान करते हुए कही गई हैं। लफ़्ज़ चाहे जितने भी नग्न हों, उघारे हों और पन्नों की सेज पर अपने प्रियतम को चूम लेने की हरारत में बेकरार कसमसा रहे हों, लेकिन लौडों को हमेशा यही बरग़लाया जाता था कि प्रस्तुत पंक्तियों में 'आत्मा' चाहती है कि वो टूटकर-बिखरकर 'परमात्मा' में समा जाए। एकाकार हो जाए।

बस, 'अल्टीमेटली' उसे जीवन-मरण के चक्कर से मुक्ति मिल जाए। ऐसे में, क्लास में दो तरह के बच्चे हुआ करते थे। एक वो, जो अपनी टीनेजरी की दहलीज पर उकड़ूँ बैठे अपने सपनों की श्वेत मुर्ग़ियों को प्रणय-बाँग दे रहे होते थे और ख़ूब समझ रहे होते थे कि 'मरी' आत्मा को ऐसी कौन-सी आग लगी पड़ी है जो जब देखो परमात्मा की बाँहों में समाने को पगलाई रहती है। आत्मा जो न पानी से 'गीली' हो सकती है और न आग से जल सकती है, वो आशिक़ी क्या घंटा करेगी!

दूसरी तरह के बच्चे वो हुआ करते थे जो सच में हाथ जोड़कर भरे मन से ये प्रार्थना कर रहे होते थे कि आत्मा और परमात्मा का मिलन

किसी तरह बस हो ही जाए। वो 'दिलवाले दुल्हनिया ले जाएँगे' के ट्रेन वाले आख़िरी सीन की विवेचना भी इसी तरह करते कि यहाँ पर अमरीश पुरी 'संसार की माया' का प्रतीक है और काजोल 'आत्मा' का प्रतिरूप है। हो-न-हो शाहरुख़ 'परमात्मा' है।

फ़िल्म के आख़िरी सीन में जब अमरीश पुरी काजोल का हाथ छोड़कर कहता है—'जा सिमरन, जी ले अपनी ज़िंदगी।' तब ये साफ़ हो भी गया था कि वो ट्रेन रूपी अलौकिक-असांसारिक यात्रा के माध्यम से, माया से हाथ छुड़वाकर, आत्मा को परमात्मा से मिलने के लिए भेज रहा था।

ये दूसरी तरह के बच्चे बड़े भोले थे। लेकिन दूबे जी की पहली तरह के बच्चों से हमेशा फटी रहती थी। क्योंकि गाहे-बगाहे उनमें से कोई-न-कोई खड़ा होकर पूछ ही देता था—'माठ साब, प्रस्तुत पंक्तियों में कवि आत्मा के माध्यम से ये कौन से मीठे-मीठे दर्द की बात कर रहा है। माने दर्द तो ठीक बात है माठ साब, लेकिन ये किस प्रकार का दर्द है जो मीठा-मीठा-सा लगता है?'

दूबे जी भी ख़ूब भले मानस थे। बच्चों की क्यूरियॉसिटी का भरपूर जवाब देते थे। मिसाल के तौर पर, इस सवाल के जवाब में उन्होंने नीम की पंद्रह बेंत विनोद के पिछवाड़े पर सोंट-सोंट के मारी और कहा—'अब ये जो तुम्हारे पिछवाड़े पर हो रहा है न, यही वो मीठा-मीठा दर्द है, जो आत्मा को अक्सर हुआ करता है। अब तो समझ पा रहे हो न बेटा बिनोद?'

विनोद हमारी क्लास के सबसे हरामख़ोर लड़कों में से एक था। इसलिए मैंने मन-ही-मन उसे अपना गुरु मान लिया था। मेरे लिए विनोद उम्मीद की वो किरण था जो मुझे 'दूसरी तरह' के बच्चे से 'पहली तरह' के बच्चे में तब्दील कर सकता था। मैं पहली तरह का बच्चा इसलिए हो जाना चाहता था क्योंकि मुझे प्यार हो चला था और मैं नहीं चाहता था कि मेरा प्यार भी आत्मा-परमात्मा वाला बकवास प्यार रह जाए।

हम सब जानते थे कि विनोद पूरी क्लास में अकेला ऐसा लड़का था

जिसके पास गर्लफ्रेंड थी। हालाँकि विनोद उसे आइटम, फंटी या माल कहलवाना पसंद करता था। लेकिन मुझे ऐसा कहना बिलकुल पसंद नहीं था। क्योंकि मैं नहीं चाहता कि कल को श्रुति मेरी गर्लफ्रेंड बने और कोई उसे माल कहे। मैंने पहले से तय कर लिया था कि मैं उसे 'जानू' कहूँगा।

मैं भूगोल के बोरिंग पीरियड में अपनी कल्पना में श्रुति को जानू कहने का अभ्यास किया करता। और इतना सोच भर लेने से मेरे चेहरे का मानचित्र बदलने लगता। मुझे ये सोचकर रोमांच हो जाता कि अगर श्रुति ने पलटकर मुझे भी जानू कह दिया तो मेरे बदन के शुष्क मरुस्थल पर उसकी आवाज़ की नम पछुआ पवन टकराकर, मौसम का पहला मानसून ले आएगी। वहाँ, जहाँ आज तक बारिश की एक बूँद भी नहीं गिरी, आज वहाँ मूसलधार बरसात आएगी और मेरे बदन के मरुस्थल का रोम-रोम चेरापूँजी के घसियाले मैदानों की हरी दूब-सा खिल उठेगा।

श्रुति ने भी हठ पकड़ ली थी। वो हरेक पीरियड में मेरे दिमाग़ का हिस्सा हो लेती। जैसे वो मुझसे कहना चाह रही हो कि मैं क्यों उसके पास पहुँचकर उससे बात नहीं करता। उस दिन तो हद ही हो गई जब भूगोल की क्लास के बाद अंग्रेज़ी की क्लास में श्रुति लूसी ग्रे बनकर आ गई। विलियम वड्‌र्सवर्थ की कविता की एक-एक लाइन में लूसी का चित्रण, हू-ब-हू श्रुति से मिलता था।

अंग्रेज़ी के बाद, गणित की क्लास में उस दिन कोऑर्डिनेट ज्योमेट्री पढ़ाई गई। श्रुति वहाँ भी थी। पैराबोला और इलिप्स के उठान और उभार में।

वहाँ मैं भी था। असिम्प्टोट बनकर। त्रिपाठी माठ साब ने बताया कि असिम्प्टोट वो लाइन होती है जो पैराबोला को अनंत पर जाकर मिलती है। मेरे दिल की धड़कनें अचानक और तेज़ हो गईं। मुझसे रहा नहीं गया और मैंने हाथ खड़ा किया।

"सर?"

"हाँ बालक, कहो क्या प्रश्न है?"

"अनंत पर मिलना क्या होता है?"

"अनंत पर मिलना, मतलब इनफ़िनिटी पर मिलना।"

"हाँ तो माठ साब, इनफ़िनिटी पर मिलना क्या होता है?"

"इनफ़िनिटी पर मिलना मतलब अनंत पर मिलना।" त्रिपाठी जी ने चीख़ते हुआ कहा।

"सर आप समझ नहीं रहे हैं। मैंने ये तो समझ लिया कि इनफ़िनिटी मतलब अनंत होता है। लेकिन ये 'मिलना' क्या होता है?"

"पगला गए हो क्या बालक? बिना बात दिमाग़ ख़राब कर रहे हो। इधर आकर मुर्ग़ा बन जाओ।"

"सर आप तो बिला वजह नाराज़ हो रहे हैं। मन में सवाल था तो पूछ लिया।"

"सवाल गया बाबा जी लँगोटी में। अब इधर आकर सीधी तरह मुर्ग़ा बनते हो या नहीं?"

"इनफ़िनिटी पर मिलना भी कैसा मिलना हुआ सर! ऐसे तो फिर असिम्प्टोट पैराबोला से कभी नहीं मिल सकेगा। सीधे-सीधे आप ये क्यों नहीं कह देते कि दरअसल दोनों कभी मिलते ही नहीं हैं। ऐसा बस प्रतीत होता है कि दोनों कहीं मिल रहे हैं।" मैंने मुर्ग़ा बने हुए घुटनों के बीच से त्रिपाठी जी को घूरते हुए, दुखी मन से जवाब दिया।

मेरा दिल टूट चुका था। साथ में मेरी टाँगें भी।

आधे घंटे लगातार मुर्ग़ा बने रहना कितना कष्टदायक होता है इसका असली अंदाज़ा तब होता है जब आप कुक्कड़ योनि से मनुष्य योनि में वापस आते हैं। चलना शुरू करते ही घुटनों की गेंद ग्रैविटी और फ्रिक्शन से झगड़ना शुरू करती हैं जिसमें बीच-बीच में ऐसा महसूस होता है कि अभी अचानक घुटनों की दोनों गेंदें पॉप करके बाहर आ जाएँगी। न्यूटन ने भले ही सेब को गिरता देख ग्रैविटी को हेलो बोला होगा। लेकिन ग्रैविटी से हमारी नमस्ते तो त्रिपाठी माठ साब ने ही कराई थी।

अगर इस वक़्त श्रुति मेरी क्लास में होती तो वो मुझे मुर्ग़ा बने देखकर

ज़रूर दु:ख ज़ाहिर करती। वो मेरे क्लास की लड़कियों की तरह निर्मम और शैलो नहीं थी जो मुझे मुर्ग़ा बने देखकर होंठों पर रुमाल लगाकर हँस रही थीं। ख़ास तौर पर वो प्रियंका सिंघानिया और ईशा कपूर जैसी तो बिलकुल नहीं थी, जिन्हें जितना ग़ुरूर अपनी ख़ूबसूरती और एक्सेंट वाली अंग्रेज़ी का था उससे कहीं अधिक ग़ुरूर उन्हें 'सिंघानिया' और 'कपूर' होने का था।

"अपनी लंका ख़ुदई लगा लिए बउआ!" विनोद ने मेरे कंधे पर सहानुभूति से हाथ रखकर कहा।

"हम तो सीधा-साधा सवाल पूछे थे। ये त्रिपाठी माठ साब बिला-बात जज़्बाती हो लिए।"

"सवाल तो हम भी भरपूर सुने तुम्हारा। इतना लंठई वाला सवाल पूछे हो कि तिरपठिया की जगह हम होते तो तुमको ज़मीन पर नहीं तिरछी वाली डेस्क पर मुर्ग़ा बनाते और जब तक तुम अंडा न चुआते, तब तक तुमको नीचे भी न उतारते।"

"देखो, फ़ालतू बकवास न करो विनोद। माथा पहले से ही ख़राब है, पेंसिल घुसेड़ के मारेंगे तुमको।"

"जाओ बेटा फिर तुम पेंसिल ही घुसा लो। हम तो मदद करने आए थे तुम्हारी।"

"पेंसिल ही घुसा लो से क्या मतलब है बे?"

"मतलब, पेंसिल ही घुसाओ अब तुम। तुम उसी लायक़ हो। बाक़ी जो घुसाना है वो तो तुमसे घुसाने से रहा।"

"क्या, मतलब क्या है तुम्हारा हैं? क्या घुसाना है और हम क्या घुसा रहे हैं?"

"मतलब-वतलब हम रोज देख-समझ रहे हैं। खन्ना मास्टर की गणित की कोचिंग में तुम दोनों का बनता हुआ समीकरण सबको ख़ूब दिखता है। लेकिन बेटा जहाँ तुम प्रेम की सरल रेखा से जुड़ना चाह रहे हो वहाँ त्रिकोणमिति के इतने लव टिरेंगल उलझने को तैयार बैठे हैं कि कटिया

उतारते-उतारते करंट खाकर मर जाओगे।"

हालाँकि विनोद की ओछी-सी बात पर मुझे बेहद ग़ुस्सा आ रहा था लेकिन उसने गणित और दर्शनशास्त्र को मिलाकर इतना सबकुछ ऐसे सटीक अंदाज़ में कह दिया था कि मैं उसकी बात को इग्नोर कर देने की हिम्मत नहीं जुटा पाया। और वैसे भी, इग्नोर करने के रिस्क की एक तरफ़ श्रुति थी और दूसरी तरफ़ जानू।

मेरी जानू।

बेशक, विनोद कमीना था। लेकिन ऐसे नाज़ुक मौक़े पर मुझे उसकी कमीनापंती के एक्स्पर्टीज़ की ही ज़रूरत थी। 'जहाँ काम आवे सुई, क्या करे तलवार' हिंदी के दूबे माठ साब हमेशा कहा करते थे। इसलिए इस वक़्त मैंने विनोद की शरण में जाना उचित समझा।

विनोद के काफ़ी हाथ-पैर जोड़ने और उसकी प्रैक्टिकल फ़ाइल के अलावा हरबेरियम फ़ाइल बनाने के वायदे के एवज़ में उसने मुझे अपनी शरण में ले भी लिया। काश! मैंने मोलभाव करने की क़ाबिलियत अपनी माँ से ढंग से सीखी होती, तो मैं भी विनोद से 'भैया ठीक-ठीक लगा लो' कह देता और हरबेरियम फ़ाइल बनाने से बच जाता। लेकिन फिर मैंने सोचा कि हर टुच्चा लफंटर भी अपनी प्रेमिका के लिए चाँद-तारे तोड़ लाने के वायदे करता है। तो मैं पत्तियाँ तो तोड़ ही सकता हूँ।

अगले ही दिन विनोद मेरा मेंटर हो गया।

विनोद की पहली सीख ये थी कि मुझे कोचिंग क्लास में कभी भी स्कूल-ड्रेस में नहीं आना चाहिए। मुझे उसकी बात लाज़मी भी लगी क्योंकि हमारी स्कूल-ड्रेस सचमुच वाहियात थी। उस दिन मैंने पहली बार महसूस किया कि लाल स्वेटर पर ख़ाकी रंग की पैंट में, मैं कैसा नमूना दिखता रहा हूँगा। ये भी मैंने उसी दिन नोटिस किया कि कोचिंग में मेरे आलावा, सारे लड़के कपड़े बदलकर ही पहुँचते थे। पर मेरी दुविधा ये थी कि स्कूल शाम चार बजकर तीस मिनट पर ख़त्म होता था और कोचिंग शाम पाँच बजे शुरू होती थी। ऐसे में मेरे लिए घर जाकर कपड़े

बदल पाना संभव नहीं था। वो तो भला हो विनोद के ब्रिलियंट सुझाव का कि मैं स्कूल के बस्ते में जींस और टी-शर्ट रखकर लाने लगा। जब माँ ने मुझे सुबह-सुबह स्कूल के बस्ते में जींस शर्ट डालते हुए देखा तो उसे बड़ी हैरानी हुई। लेकिन मेरे पास विनोद का रटाया हुआ जवाब पहले से तैयार था।

"माँ रात तक सफ़ेद शर्ट पहने रहने से उसपर मैल चढ़ता रहता है। फिर बेकार में तुम उसको रगड़-रगड़कर परेशान होती रहती हो।"

माँ ने मुझे ऐसी संदेह भरी नज़रों से देखा जैसे मैं बस्ते में बंदूक़ रखकर ले जा रहा था। लेकिन मैं फटाफट बस्ता भरकर स्कूल के लिए निकल गया। जैसे-तैसे स्कूल ख़त्म हुआ और मैं स्कूल के टॉयलेट में कपड़े बदलकर कोचिंग आ गया।

श्रुति पहली डेस्क पर बैठती थी। विनोद के कहे अनुसार मैं चौहान सर के आने से पहले श्रुति के सामने से दो-तीन बार आ-जा चुका था। मेरा अंदाज़ा है कि श्रुति ने इस दौरान मुझे एक-न-एक बार ज़रूर देखा होगा। लेकिन मैं ये यकीन से इसलिए नहीं कह सकता क्योंकि मैं ख़ुद एक भी बार श्रुति की ओर देख नहीं सका था। हर बार उसके सामने से गुज़रना उतना ही कठिन होता था जितना पहली बार पापा की उँगली के बिना कानपुर की चौड़ी सड़कों को पार कर पाना हुआ था।

विनोद का दूसरा मास्टर स्ट्रोक था कोचिंग के आवारा क़िस्म के लड़कों की टोंटी टाइट करना। उन सबको सख्त हिदायत दी जा चुकी थी कि श्रुति मेरी आर.ए.सी. है। हालाँकि मुझे विनोद के शब्द चयन पर तीखी आपत्ति थी लेकिन मन मारकर मैंने उसके प्लान में हस्तक्षेप नहीं किया। आधे घंटे में सभी लड़कों को पता चल चुका था कि विनोद मेरी आर.ए.सी. को कंफ़र्म कराने में जुटा हुआ था। इसलिए उन्होंने अपनी-अपनी वेटलिस्ट किसी और डेस्टिनेशन पर लगा दी थी।

विनोद मेरी तेज रफ़्तार शाहरुख़-काजोल-डीडीएलजे-एक्सप्रेस का टी.टी. बनकर आ चुका था। चौहान सर की आदत थी कि वो सभी सवालों

को पूरा-पूरा हल नहीं करवाते थे। वो समय बचाने के लिए सवाल को सॉल्व करने का तरीक़ा बताकर, उसे बीच में ही छोड़ देते थे। इस वजह से श्रुति को गणित में ख़ासी दिक़्क़त पेश आती थी। विनोद के तीसरे मास्टर स्ट्रोक के तहत, उसने दो-तीन लड़कियों से श्रुति को ये कहलवा दिया कि पुनीत गणित में ग़ज़ब तेज़ है। उन्हें जिन भी सवालों में डाउट रह जाता है, पुनीत (यानी मैं) उन्हें सरल तरीक़े से समझाकर, क्लियर करा देता है।

ख़ुश-क़िस्मती से उस दिन चौहान सर कैलकुलस पढ़ा रहे थे और श्रुति का कैलकुलस से छत्तीस का आँकड़ा था। जहाँ श्रुति अपर लिमिट और लोअर लिमिट के बीच परेशान भटक रही थी वहाँ मैं इंटीग्रेशन की बारीकियों को समझता हुआ आज की क्लास में सभी सवालों का बढ़-चढ़कर जवाब दे रहा था। चौहान सर ने आज के पहले मुझे क्लास में उसी तरह नोटिस नहीं किया था जैसे मैंने आज तक इंसानी विकास में कैलकुलस के योगदान को नोटिस नहीं किया था। मैं सवालों को मुस्तैदी से हल करता हुआ यही सोच रहा था कि यदि क्लास के हर लड़के को श्रुति जैसी किसी लड़की से प्यार हो जाए तो वो सब सौ परसेंट नंबरों से पास होना शुरू हो जाएँगे।

काश! त्रिपाठी माठ साब हमें गणित पढ़ाने के बजाय सिर्फ़ प्रेम करना सिखाते। मुर्ग़ा बनाने के बजाय बस मुहब्बत की सीख देते। यदि ऐसा होता तो मैं दावे के साथ कह सकता हूँ कि एक दिन पैराबोला ख़ुद असिम्प्टोट से मिलने चला आता।

मैं एक बार फिर पैराबोला के उठान और उभार में खो जाने के लिए निकल पड़ा था कि तभी मैंने अपने जीवन की सबसे मीठी आवाज़ सुनी-

"एक्सक्यूज़ मी। यू आर पुनीत। राइट?"

मैं तुरंत हाँ कहना चाहता था। ताकि कोई और मुझसे पहले ये दावा न ठोक दे कि वो पुनीत है और श्रुति उसे पुनीत समझकर उससे बात करने लगे। मैं ख़ुशी और डर के मारे ज़ोर-से चिल्लाना चाहता था- 'हाँ...हाँ! मैं ही हूँ पुनीत। असली वाला पुनीत। पुनीत द रियल वाला पुनीत।' (जैसे

हकीम उस्मानी के हर बैनर पर लिखा होता था कि यही असली वाले हकीम साहब हैं और इनकी कोई अन्य शाखा नहीं है) लेकिन मैं सिर्फ़ सर हिला पाया और वो भी शशि कपूर स्टाइल में नहीं, बल्कि ए.के. हंगल की स्टाइल में।

"आय मस्ट से दैट यू आर अ जीनियस।"

मैं 'थैंक्यू' कहना चाहता था। लेकिन मैं सिर्फ़ 'ओके' कह पाया। और मेरा 'ओके' कहने का लहज़ा भी इतना बुरा था कि वो क़तई ओके नहीं था। लेकिन श्रुति सच में इतनी अच्छी लड़की थी कि उसने मेरी बेवक़ूफ़ी का बुरा नहीं माना और उल्टा मुस्कुराने लगी। अगर यहाँ पर श्रुति की जगह प्रियंका सिंघानिया और ईशा कपूर होतीं तो वो अपने फेक एक्सेंट में 'वाटेवा...' कहकर निकल जातीं। वो अंग्रेज़ी बोलकर अंग्रेज़ों पर एहसान करती थीं। इसलिए वो 'वाटेवर' का 'र' खा जाती थीं और उसे 'वाटेवा...' कहकर निकल लेतीं। लेकिन श्रुति उनके जैसी नहीं थी। उसकी मुस्कुराहट में मेरा मज़ाक़ क़तई छुपा हुआ नहीं था। अगर उसकी मुस्कुराहट में कुछ छुपा हुआ था तो शायद चाँदी की पायल के छोटे-छोटे घुँघरू।

मैंने हिम्मत जुटाकर जैसे-तैसे कैलकुलस में उसके सवालों का कॉन्फिडेंटली जवाब दिया और लिमिट से दुखी होकर लिमिटेड हो चुके उसके चेहरे पर वापस ख़ुशी इन्टीग्रेट होकर तैर गई। उसकी हँसी मेरे लिए आज तक का सबसे बड़ा इनाम थी। अगर मैं गणित में सौ नंबर भी ले आता तो मुझे इतनी ख़ुशी कभी नहीं होती। इतनी ख़ुशी मुझे बस तीन दफ़ा हुई थी : एक दफ़ा तब, जब मेरी बोरिंग, उदासीन, सदाचारी, बकवास ज़िंदगी में पहली बार केबल आया था। और रात 12 बजे के बाद स्टार प्लस, रेन टीवी में बदल गया था और उसने मुझे केट विंसलेट (के गोरे शरीर) से मिलवाया था। दूसरी दफ़ा तब, जब मैंने पहली बार रेज़र से शेव करके अपने किशन कुमार (ब्रदर ऑफ़ गुलशन कुमार) छाप फालतू से थोबड़े को कुमार गौरव टाइप चॉकलेटी चेहरे में बदलते देखा था। और

तीसरी दफ़ा तब, जब पापा ने मेरे बर्थडे पर मुझे एलजी का कलर स्क्रीन मोबाइल फ़ोन लाकर दिया था जिसमें किसी भी गाने की रिंग टोन सेट की जा सकती थी। मैंने 'अनदेखी अनजानी-सी, पगली-सी दीवानी-सी' को अपनी रिंग टोन बनाया था।

मैंने श्रुति को उसकी साइकिल तक छोड़ा और उसे अपना मोबाइल नंबर भी दिया। ताकि जब भी श्रुति किसी सवाल में अटक जाए तो वो अपना दिल छोटा न करे और मुझे फ़ोन करके तुरंत उसका सॉल्यूशन समझ सके। मैं एकदम नहीं चाहता था कि कोई भी मनहूस-सा सवाल श्रुति की हँसी में छुपे घुँघरुओं की खनक पर ज़ंग चढ़ाए।

ये मेरी ज़िंदगी का अब तक का सबसे ख़ास दिन था। मैं जब घर पहुँचा तो श्रुति की आवाज़ के जिंगल्स मेरे दिलो-दिमाग़ को खनका रहे थे। 'पुनीत', 'जीनियस', 'एक्सक्यूज़ मी', 'आय मस्ट से' श्रुति के होंठ स्लो मोशन में कर्ल होकर मुझे बार-बार बुला रहे थे। हर लफ़्ज़ पर मुझे हरारत हो रही थी और ये हरारत मरे लिए बिलकुल नई थी। इससे मेरा तआरुफ़ कभी दूबे माठ साब ने कराया ही नहीं था। वो जिस अलौकिक प्रेम की बात करते थे वो कितना बोरिंग और ठंडा था, इसका अंदाज़ा मुझे आज श्रुति से मिलकर हो गया था।

मैं अपनी नई-नई हरारत का तापमान मापने की कोशिश कर ही रहा था कि अचानक मोबाइल पर श्रुति का एसएमएस फ़्लैश हुआ :

'फ्रेंडशिप इज़ अ सी एंड फ्रेंड्स आर फ़िशेज़। यू आर माय गोल्डेन फिश! आय विल कीप यू सेफ़ इन माय हार्ट बट इफ़ यू ट्राय टू इस्केप, माँ क़सम फ्राई करके बिल्ली को खिला दूँगी।'

आख़िरी लाइन के बाद श्रुति ने तरह-तरह की स्माइली बनाई हुई थी। कॉमा पी, कॉलन डी, कॉलन ओ—मैंने हरेक स्माइली को वैसा ही चेहरा बनाकर पढ़ा और मैं सचमुच ख़ुशी से बावला हो रहा था। मैं ये सोचकर और भी ख़ुश हो रहा था कि श्रुति ऐसे चेहरे बनाकर कितनी प्यारी लग रही होगी। आँख मिचकाकर हँसते हुए, वो बे-इंतिहा क्यूट लग रही होगी।

जीभ निकालकर हँसते हुए वो नॉटी लग रही होगी और खुलकर मुस्कुराते हुए एक बच्ची जैसी लग रही होगी।

मैं श्रुति के एसएमएस की हरेक लाइन और हरेक लफ़्ज़ का अर्थ समझने की कोशिश, वैसे ही कर रहा था जैसे मैं जयशंकर प्रसाद की कठिन कविताओं की संदर्भ-प्रसंग सहित व्याख्या करने की कोशिश किया करता था। प्रस्तुत पंक्तियों में श्रुति ये कहने की कोशिश कर रही थी कि दोस्त मछलियों के सामान होते हैं पर मैं कोई आम मछली नहीं था। मैं उसकी सबसे ख़ास सुनहरी मछली था और इसीलिए श्रुति मुझे अपने दिल की तिजोरी में सुरक्षित रखना चाहती थी। भले ही अन्य मछलियाँ उसके दिल के फिश-बाउल से कूद कर मर-मुरा भी जाएँ पर प्रस्तुत पंक्तियों में श्रुति कहना चाहती थी कि मैं हमेशा के लिए उसके दिल में रहूँ।

मैं श्रुति के लिए ख़ास था और इस बात का एहसास मेरी आने वाली ज़िंदगी को पूरी तरह से बदल देने वाला था।

अब मैं दिनभर स्कूल ख़त्म होने और कोचिंग शुरू होने का इंतज़ार किया करता। मैं कोचिंग में श्रुति के साथ बैठने लगा जो अपने-आपमें एक क्रांतिकारी क़दम था। आमतौर पर लड़कियाँ आगे की तीन लाइनों में बैठती थीं और लड़के पीछे की लाइनों में। हालाँकि मैं कोचिंग के सारे लड़कों की आँखों की किरकिरी बन चुका था लेकिन वो विनोद की हिदायतों की वजह से आँख मलकर ही शांत हो लेते थे। पता नहीं क्यों, मैं पहले कभी विनोद के भीतर छिपा निःस्वार्थ मित्र देख नहीं पाया था।

विनोद ने मुझे एक एसएमएस पैक भी फ़ॉरवर्ड कर दिया और उसके एक-एक एसएमएस को कब-कहाँ-कैसे उपयोग करना है, उसपर मुझे क्रैश कोर्स भी दिया। सुबह उठकर गुडमॉर्निंग मैसेज में लड़की को ये जताना चाहिए कि आज की सुबह उसकी हँसी की तरह ताज़ा है। दिन से लेकर शाम के वक़्त एक-दो फनी चुटकुले भेजे जा सकते हैं और रात में सोने से पहले कुछ ऐसे मैसेज जो थोड़े शरारत से भरे हों। मसलन, पहली लाइन में 'आई' लिखा हो, दूसरी लाइन में 'लव' लिखा हो और उसके

आख़िरी लाइन तक पहुँचने के लिए बहुत सारी ख़ाली लाइनें हों। मिनट भर स्क्रॉल करने के बाद आख़िरी लाइन में 'स्लीपिंग' लिखा हो और कॉलन पी वाला स्माइली। मैं जब भी कभी इस तरह के मैसेज भेजता तो श्रुति भी उसका जवाबी मैसेज भेजती। जिसे पढ़ते ही मुझे लंबी-लंबी साँसें लेकर सो जाने को दिल करने लगता था।

इन सबमें कैलकुलस न जाने कहाँ छूट गई और हमने उसे ढूँढ़ने की कोशिश की भी नहीं। ऐसे में न ही मुझे 'लोअर लिमिट' की फ़िक्र थी और न ही 'अपर लिमिट' की चिंता। मैं बुद्धू से असिम्पटोट की तरह, घोंघे की तरह, रेंगते-रेंगते श्रुति तक नहीं पहुँचना चाहता था। तीन दिन बाद श्रुति का बर्थडे था और मैं चाहता था कि मैं उस ख़ास दिन उसे ऐसा कुछ दूँ कि मैं उसकी ज़िंदगी में और भी ख़ास हो जाऊँ। सुनहरी मछली से भी अधिक ख़ास।

मैंने विनोद को फ़ोन लगाया।

'भाई...'

'हाँ, बोलो मेरे चॉकलेटी ब्वॉय।'

'यार, एक आख़िरी एहसान और कर दे भाई।'

'तुम्हारी माल से तुम्हारा ब्याह करवाना है क्या?'

'यार, तुम हमेशा ऐसे क्यों बात करते हो? वो कोई माल-वाल नहीं है। उसका नाम श्रुति है। तुम सीधी तरह से उसे श्रुति कहकर नहीं बुला सकते क्या?'

'ठीक है यार तो बता! तेरी माल श्रुति से तुम्हारा ब्याह करवाना है क्या?'

विनोद से बहस करना बेकार था। लेकिन वो बुरा आदमी नहीं था। इसीलिए मैंने 'श्रुति माल नहीं है' पर बहस करने के बजाय सीधे मुद्दे पर आना ठीक समझा।

'भाई, तीन दिन बाद श्रुति का बर्थडे है। उसे बर्थडे पर क्या गिफ़्ट दूँ?'

'अबे लड़कियों को गिफ़्ट देने में इतना क्या सोचना! आर्चीज़ की दुकान चले जाओ। परेड चौराहे पर है। वहाँ पिंक कलर में जो भी मिले उठा ले आना।'

'यार, श्रुति वैसी लड़की नहीं है। ये सब प्रियंका सिंघानिया और ईशा कपूर जैसी लड़कियों को पसंद आता होगा।'

'हम समझ रहे हैं। कटेगा तुम्हारा!'

'कटेगा मतलब! क्यों कटेगा! तुम श्रुति को इतना शैलो क्यों समझते हो?'

'अबे गधे, दुनिया में सब लड़कियाँ एक जैसी ही होती हैं। पिंक कलर पर सबका 'ऑ... सो क्यूट' निकल आता है। और अगर तुम श्रुति को सब लड़कियों से अलग ही समझते रह गए तो कटा लोगे अपना। आर्चीज़ से पिंक टेडी बियर, पिंक कुशन और लाल रंग का ग्रीटिंग लाकर दो उसे। और फिर देखो!'

'नहीं विनोद, कुछ और स्पेशल-सा बताओ न! ये सब तो हर दूसरा लफँगा और हर तीसरा आशिक़ करता ही रहता है। मैं कुछ अलग करना चाहता हूँ। जो श्रुति को बेहद ख़ास लगे। जो ऐसा हो कि सिर्फ़ पुनीत ही श्रुति के लिए कर सकता हो।'

विनोद ने फ़ोन काट दिया। मैं उसे दोबारा फ़ोन करना भी नहीं चाहता था। क्योंकि मुझे नहीं लगता था कि विनोद इस बात को समझ सकता था कि श्रुति मेरे लिए क्या थी। इसमें उसकी ग़लती थी भी नहीं, क्योंकि श्रुति के लिए पुनीत का प्यार कोई फ़ालतू सड़क-छाप प्यार नहीं था। मैंने दिमाग़ हल्का करने के लिए रेडियो मिर्ची ऑन किया।

रात के आठ बज रहे थे और लवगुरु का प्रोग्राम आ रहा था। 'लवगुरु मैं सहारनपुर से आशीष बोल रहा हूँ। मैं शीतल को बे-इंतिहा प्यार करता हूँ और तीन दिन बाद उसका जन्मदिन है। मैं उस ख़ास दिन के लिए उसको एक ख़ूबसूरत-सा गाना सुनाना चाहता हूँ।'

क्या ये मात्र एक संयोग था या फिर क़ुदरत का कोई इंडिकेशन?

लेकिन ये भी तो कोई नया तरीक़ा न हुआ। ऐसा तो आशीष, सहारनपुर से ऑलरेडी कर चला था। पर फिऱ मुझे विनोद की बात याद आई। शायद लड़कियों को यही सब क्यूट तरीक़े पसंद आते हैं और मैं बेवजह ही उन्हें नज़रअंदाज़ कर रहा था। आम-सी बात को भी ख़ास अंदाज़ में कहा जा सकता है न। शायद लड़कियों को यही सब पसंद आता हो! इसलिए मैंने तय कर लिया कि मैं श्रुति को रेडियो पर बर्थडे विश करूँगा। एक ख़ास से अंदाज़ में। जो सिर्फ़ पुनीत ही श्रुति के लिए कर सकता हो।

मैं बीस अगस्त का इंतज़ार करने लगा। हालाँकि बीस अगस्त तीन दिन बाद ही आने वाला था लेकिन इंतज़ार करने से तीन दिन तीस के बराबर लगने लगे थे। विनोद की मदद से मैंने श्रुति की सबसे अच्छी दोस्त नेहा को अपने सरप्राइज़ में भागीदार बना लिया था। नेहा तुरंत ही तैयार भी हो गई थी क्योंकि उसे ये 'सिंपली क्यूट' लगा था। उसने प्रॉमिस किया कि वो बीस अगस्त को ठीक आठ बजे श्रुति को रेडियो सुनने बिठा देगी।

बीस तारीख़ को मैंने जानबूझकर श्रुति को अवॉइड किया। जैसे कि मुझे इस बात का अंदाज़ा ही न हो आज के दिन श्रुति जैसी प्यारी-सी लड़की इस दुनिया में आई थी। हालाँकि ऐसा कर पाना मेरे लिए बेहद मुश्किल हो रहा था लेकिन इस बार मैंने विनोद की बात मानना ठीक समझा। ठीक साढ़े सात बजे मैंने एक साफ़ से काग़ज़ पर वो मैसेज लिखकर रख लिया जो मैं श्रुति को देना चाहता था। दो-तीन बार उसे पढ़कर प्रैक्टिस कर लेने के बाद मैंने ठीक सात बजकर पैंतालीस मिनट पर अयाज़ को नंबर लगाकर दो बार चेक किया। फ़ोन लाइंस ठीक काम कर रही थीं। 07:55 पर नेहा का एसएमएस भी आया : 'ऑल गुड' और अगले ही मिनट विनोद का एसएमएस आया : 'छा जा मेरे शेर!'

सबसे पहली कॉल मेरी ही थी। दूसरी तरफ़ अयाज़ ही था।

'जी कहिए। कौन जनाब बोल रहे हैं?'

'श्रुति रॉय चौधरी! आज तुम्हारे जन्मदिन पर मैं तुम्हें सबसे ख़ूबसूरत तोहफ़ा देना चाहता हूँ। अपने प्यार के इज़हार का तोहफ़ा।'

'अरे, आप बोल कौन जनाब रहे हैं! अपना नाम तो बता दीजिए।'

'श्रुति, मैंने जिस दिन से तुम्हें चौहान सर की क्लास में देखा है तुम मेरे दिलो-दिमाग़ और तन-मन-धन का हिस्सा बन चुकी हो। मुझे इस बात की ख़ुशी है कि तुम भी मुझे बेहद पसंद करती हो।"

'अरे, अपना नाम तो बता दो यार!'

आज मैं तुमसे कह देना चाहता हूँ कि मैं ताउम्र तुम्हें बे-इंतिहा प्यार करता रहूँगा और तुम हमेशा मेरे जीवन का हिस्सा रहोगी। आई वांट टू मैरी यू! आई वांट टू ग्रो ओल्ड विंद यू।'

'जनाब, कुछ हमारी भी तो सुन लें!'

'अयाज़ मैं चाहता हूँ कि तुम श्रुति के लिए, ज़रा-ज़रा महकता है, आज तो मेरा तन-बदन, गाना डेडिकेट कर दो।'

मैंने फ़ोन रख दिया और अयाज़ ने मेरा गाना प्ले किया। मेरा दिल तेज़ी से धड़क रहा था। मैं ख़ुश भी था क्योंकि मैंने बिना कोई ग़लती किए अपने प्यार का इज़हार कर दिया। मैं यही सोच रहा था कि इस वक़्त श्रुति ये गाना सुनते हुए कितना स्पेशल फ़ील कर रही होगी। अगले ही मिनट नेहा का एसएमएस आया : 'यू डफर' और उसके अगले ही पल विनोद का फ़ोन आया। लेकिन मैंने विनोद का फ़ोन नहीं उठाया और मैं सिर्फ़ श्रुति से बात करना चाहता था।

ठीक ग्यारह बजे श्रुति ने फ़ोन किया। मैं श्रुति की मिसरी जैसी आवाज़ में 'आई लव यू पुनीत' सुनने के लिए बेक़रार हो रहा था!

'यू ईडियट! तुम समझते क्या हो अपने आपको? मैंने आजतक तुम्हारे जैसा बेवक़ूफ़ इंसान नहीं देखा।'

'श्रुति, फ़ोन पर तुम ही हो न?'

'हाँ मैं ही हूँ! और नहीं तो कौन होगा? मैंने कब तुमसे कहा कि मैं तुमसे प्यार करती हूँ? तुम दो कौड़ी के लड़के! एक ख़ूबसूरत लड़की ने तुमसे हँसकर बात क्या कर ली तुमने ये मान लिया कि वो तुमसे प्यार करने लगी है। और तो और रेडियो पर पूरे कानपुर के सामने ये लाउड-

स्पीकर पर कहने की क्या ज़रूरत थी? और तुम इतने अव्वल दर्जे के गधे हो कि तुमने मेरा पूरा नाम भी बता दिया और ये भी बता दिया कि मैं चौहान सर की कोचिंग में पढ़ती हूँ।'

'श्रुति, श्रुति हैप्पी बर्थडे! आज के दिन गुस्सा नहीं करते।'

'हैव यू टोटली लॉस्ट इट? तुम कितने बड़े चेंप हो यार! तुम्हारी बेवक़ूफ़ी की वजह से मेरे पापा को पूरे ऑफ़िस स्टाफ के सामने शर्मिंदा होना पड़ा। कुछ लोगों ने तो उन्हें इस बात की बधाई भी दे दी कि अच्छा हुआ रॉय साहब, आपको बेटी के बर्थडे पर जमाई भी मिल गया। आज के बाद तुम मुझसे बात करने की हिम्मत भी मत करना।'

'हैप्पी बर्थडे श्रुति!'

श्रुति ने गुस्से में फ़ोन रख दिया और मैं समझ चुका था कि श्रुति के साथ आज मेरा भी हैप्पी वाला बर्थडे मन गया है। मैंने हिम्मत जुटाकर उसे दोबारा फ़ोन करने की कोशिश की लेकिन श्रुति मेरा फ़ोन नंबर ब्लॉक कर चुकी थी। मैंने दिल हल्का करने के लिए विनोद से बात की और उसने मुझे सरल शब्दों में समझा दिया कि तुम्हारी लव स्टोरी पर फुल स्टॉप लग गया है। ('गुरु तुम तो फिरी फंड में पिल गए। अब तुम्हारी आरएसी तो हम भी कंफ़र्म न करा पाएँगे। बढ़िया रहेगा अगर जीवन भर के लिए रेल यात्रा का विचार ही त्याग दो')।

एक ही रात में, दो मिनट के भीतर मैं एक मज़ाक़ बन चुका था। अगले दिन स्कूल पहुँचा तो मेरी छोटी-सी लव स्टोरी स्कूल के हर टॉयलेट, दीवार, डेस्क और ब्लैकबोर्ड पर तराशी जा चुकी थी। 'पुनीत लव्स श्रुति' टॉयलेट की बदबू से हिल-मिलकर सड़ांध मार रहा था। कभी सल्फर जैसा तो कभी सड़े हुए अंडे से भी अधिक बुरा। श्रुति का फ़ोन नंबर, 'मुझसे बात करो' की टैगलाइन के साथ दिल के निशान की बीच चस्पा कर दिया गया था।

आज फिर गणित की क्लास हुई लेकिन उसमें पैराबोला और असिम्प्टोट नहीं था। कॉम्प्लेक्स इक्वेशन थी। रियल के बीच में इमैजिनरी

था। दोनों मिलकर कॉम्प्लेक्स हो चुके थे। अंग्रेज़ी की क्लास हुई लेकिन आज उसमें लूसी ग्रे नहीं थी। 'फ़ॉरगेटिंग' पर सटायर था। ज्योग्राफी की क्लास में मूसलधार बारिश नहीं थी। सूनामी पर छोटा-सा डिस्कशन ज़रूर था। जैसे-तैसे आख़िरी क्लास तक दिन रेंगते-रेंगते पहुँचा तो बायोलॉजी में इंसानी दिल की संरचना पढ़ाई जा रही थी।

"इंसान का दिल चार चैंबर्स में बँटा हुआ होता है। इंसानी दिल दिनभर ख़ून को पंप करता रहता हो।" उमेश जी ने पढ़ाया।

"सर, ये चार्ट में किसका फ़ोटो बना हुआ है?" मैंने हैरान होकर पूछा।

"अब जब दिल के बारे में पढ़ा रहे हैं तो आँत का फ़ोटो तो बना नहीं होगा!" उमेश जी ने ग़ुस्से में कहा।

"लेकिन सर, ये दिल का फ़ोटो लग तो नहीं रहा है।" मैंने भी ग़ुस्से में कहा।

"क्या बकते हो जी?"

"सर ये कैसा गंदा-सा बेहूदा फ़ोटो है! दिल तो पान के पत्ते जैसा होता है न! ये तो किडनी लग रहा है।"

"दो लप्पड़ पड़ेंगे तो दिल, दिमाग़ और नज़र सब दुरुस्त हो जाएगा। किडनी राजमा जैसी होती है। फिर भी दिल से ख़ूबसूरत दिखाई देती है। फ़िल्में कम देखा करो। इंसान का दिल ऐसा ही दिखलाई देता है। ढेले जैसा। माँस का लोथड़ा।"

उमेश जी आगे पढ़ाने लगे और मैं दुखी होकर, सर झुकाकर बैठ गया। मुझे बेहद ग़ुस्सा आ रहा था। फिल्मों पर और उनमें झूठ दिखाई जाने वाली मूर्खता पर। फिल्मों का कारोबार ही 'दिल' लफ़्ज़ पर चलता है। नब्बे प्रतिशत गाने दिल-जान-जिगर की बकवास के बिना बनाए ही नहीं जा सकते। दिल, जो की इतना बेढंगा-बेहूदा-घटिया दिखलाई देता है। दिल, जो कि बस एक मज़दूर की तरह ख़ून खींचता और फेंकता रहता है। एक पिचकारी की तरह। उमेश जी की तरह। जो कि क्लास के बीच में ही

दीवार के कोने पर लाल-लाल पान की पीक फेंकते रहते हैं।

मैंने किताब का पन्ना पलटा तो उसमें श्रुति की पासपोर्ट साइज़ फ़ोटो दबी हुई निकली, जो एक बार मैंने कोचिंग में श्रुति की डेस्क के नीचे से उठाई थी और मैं उसे श्रुति को वापस करना भूल गया था। मैंने काले पेन से श्रुति की मूँछें बनाईं। मेरी बगल में विनोद बैठा हुआ था। वो मुस्कुराया और उसने श्रुति के गाल पर काला मस्सा रख दिया। अपनी क्रिएटिविटी पर विनोद और भी ख़ुश हुए। उसने मुझे काग़ज़ की चिट पास की।

'डाकू सुरती सिंह!' विनोद ने लिखा।

'ख़ूँख़्वार डाकू सुरती सिंह!' मैंने करेक्शन करते हुए लिखा।

'अब लाइन पर आए हो!' उसने लिखा।

'अपनी माल की फ़ोटो दिखाओ।' मैंने लिखा।

बलमवा तुम क्या जानो प्रीत

विक्रम की पीठ पर चोट का यह निशान उसके पिता ने दिया था। यह निशान एक ग्यारह इंच लंबी, काली स्ट्रेट लाइन थी। स्ट्रेट लाइन, जो कि उसकी रीढ़ की हड्डी के पैरलल थी। स्ट्रेट लाइन की परिभाषा कहती है कि यह वो ज्योमेट्रिकल आकार है जिसमें सिर्फ़ एक डाइमेंशन होता है। एक, यानी कि लंबाई। इसके अतिरिक्त, इसमें न ही चौड़ाई होती है और न ही गहराई। लेकिन, विक्रम की पीठ पर मार का ये निशान, जो कि एक स्ट्रेट लाइन थी, उसमें लंबाई से अधिक गहराई थी और गहराई से कहीं अधिक चौड़ाई। गहराई इतनी कि इसमें उसका पूरा अतीत भलभलाकर, बजबजाकर, नाली के कीचड़ की तरह बहता था। चौड़ाई इतनी कि इसमें उसके पिता की दी हुई सारी मोटी-भद्दी गालियाँ एक के ऊपर एक खचाखच टैटू हो रखी थीं और उसके बाद भी उसमें स्टील की उस रॉड के फ़िट होने की जगह भरपूर बच जाती थी, जिससे उसके पिता कर्नल राठौर ने उसे बेइंतिहा मारा था।

मारने की वजह लाज़मी थी। विक्रम ने अपने बाईसवें बर्थडे पर अपने पिता को बता दिया कि वो गे है। "गे मतलब?" पिता ने तुरंत पूछा था। जिसके जवाब में उसने डरते-डरते कहा- "गे मतलब होमोसेक्सुअल।"

"मतलब कि तुमको लड़का लोग पसंद है?"

"हाँ।"

"पसंद है तो क्या करोगे?"

"बस पसंद है। करना क्या है, ये नहीं मालूम।"

"अरे, तो क्या लड़का से शादी करोगे। उसके साथ सोना चाहते हो?"

"पता नहीं..."

"पता नहीं का क्या मतलब होता है। हैं जी, मतलब तुमको नहीं पता है कि तुम उनके साथ सो भी सकते हो?"

"पता नहीं।" विक्रम ने फिर से कहा और इस इक़रार के एवज़ में उसके पिता ने उसे घंटे भर धुना था।

विक्रम को ज़्यादा बुरा इस बात का नहीं लगा था कि उन्होंने उसे बुरी तरह मारा था बल्कि इस बात का लगा कि उन्होंने विक्रम की माँ को भी मारा। इस अपराध में कि उसने किसी और की औलाद को जना है।

कर्नल राठौर की औलाद गांडू नहीं हो सकती।

उस दिन के पाँच साल बाद आज, जबकि विक्रम का सत्ताईसवाँ जन्मदिन था, कुमार विक्रम की पीठ पर बनी काली स्ट्रेट लाइन की गहराई और चौड़ाई को अपने होंठों के हल्की-सी छुअन से भरने की कोशिश कर रहा था।

उसके छोटे-छोटे चुंबन विक्रम की पीठ पर पिघलकर, घुलकर, ग्यारह इंच लंबी, काली, स्ट्रेट लाइन की गहराई और चौड़ाई के आख़िरी पोरों तक आसानी से पहुँच जाते थे। वो निशान, जो आज तक नहीं भर पाया था, आज भरने को होता था।

वो जो अब तक हरा-हरा था, आज गुलाबी-गुलाबी होने को होता था। विक्रम की पूरी पीठ को बेइंतिहा चूमने के बाद कुमार ने हौले से विक्रम के चेहरे को अपनी हथेलियों में भरा और उसके होंठों को बेहद प्यार से चूम लिया। कुमार ने विक्रम को वैसे ही चूमा था जैसे एक लड़का एक लड़की को चूमता है। जिसे यदि फिल्मों के पर्दे पर, स्लो-बैकग्राउंड म्यूज़िक के साथ दिखा दिया जाए तो जनता सीटियाँ मारने लगती है। कुमार ने विक्रम

को वैसे ही चूमा था जैसे 'कासाब्लांका' में रिक ने इलसा को चूमा था, जैसे 'टाईटैनिक' में जैक ने रोज़ को चूमा था। या फिर, वैसे ही जैसे 'द नोटबुक' में नोआह ने एली को चूमा था।

लेकिन विक्रम ने कुमार के चुंबन के जवाब में, कुमार को वापस नहीं चूमा क्योंकि आज उसे अचानक इस बात का अंदाज़ा हुआ कि जब उनका चुंबन फ़िल्मी पर्दे पर पहुँचेगा, तो उसके जवाब में तालियाँ और सीटियाँ नहीं मिलेंगी। उसके जवाब में तोहमतें मिलेंगी। उसके जवाब में ज़बान भर के थूक मिलेगा। और एक बार फिर उसने वैसे ही मुँह फेर लिया जैसे वो अक्सर अपने अतीत और अपनी पहचान से घिन खाकर फेर लेता था। वैसे ही, जैसे उसका पिता विक्रम के बाप होने की सच्चाई से मुँह फेर लेता था।

विक्रम जब मुँह फेर लेने वाला विक्रम नहीं था, तब वो बच्चा था। या यूँ कह लें कि विक्रम जब तक बच्चा था तब तक वो मुँह फेर लेने वाला विक्रम नहीं था। बचपने का विक्रम साँस फूलने तक तितलियों के पीछे भागता था। जुगनुओं संग जागता था। बचपने का विक्रम पतंगें लूटता था। तीर से कमान-सा छूटता था। बचपने का विक्रम (मुँह फेर लेने वाले विक्रम से पहले का विक्रम) खुदा या फिर उसकी खुदाई से उपजी हर एक नेमत से बुरी तरह ऑब्सेस्ड हुआ करता था। अगर कुमार ने बचपने में विक्रम को चूमा होता तो विक्रम खिलखिलाकर हँस पड़ा होता। अपने आसपास होती हर एक छोटी-बड़ी बात को विक्रम भगवान से जोड़ता था और उसे लगता था कि उसके साथ जो कुछ भी हो रहा है या होने वाला है, वो न सिर्फ़ भगवान् की इच्छा से हो रहा है बल्कि विक्रम की ज़िंदगी में भगवान् की ख़ास दिलचस्पी की वजह से हो रहा है। अगर उसकी साइकिल की चेन उतर जाती थी तो वो सोचता था कि यदि चेन नहीं उतरती तो आज पक्का वो साइकिल से गिरने वाला था। इसलिए भगवान् ने उसे पैदल चलने को बोला है। यदि छमाही परीक्षा में, गणित में उसके दो नंबर ज़्यादा कट जाते थे तो वो सोचता था कि शायद

भगवान् उसे इसलिए सीख दे रहा है ताकि वो सालाना परीक्षा में पूरे में पूरे नंबर ले आए। विक्रम ख़ुश था। जब तक उसे ये एहसास नहीं हुआ कि होमोसेक्सुअल होना क्या होता है। विक्रम ख़ुश था। जब तक कि वो जवान नहीं हुआ था। जवान होने और एहसास होने के अगले ही दिन से विक्रम ने भगवान् को मानना बंद कर दिया था।

क्योंकि शायद भगवान् को मानने का अर्थ ये होता कि उसकी क़िस्मत में ये तल्ख़ी भगवान् ने ख़ुद लिखी थी।

अब विक्रम किसी भी मानने लायक़ चीज़ को नहीं मानता था। पर वो ये ज़रूर मान बैठा था कि वो नॉर्मल नहीं था। कभी-कभी वो ये भी सोचता था कि वो दिमाग़ के किसी-न-किसी कोने में बीमार है। विक्रम हर उस बात से मुँह फेर लेता था, जिससे उसे ख़ुद के एबनॉर्मल होने का एहसास होता था। जैसे अपने होंठों पर कुमार के होंठों के चुंबन से।

लेकिन कुमार विक्रम जैसा नहीं था। उसे इस बात से कोई तकलीफ़ नहीं थी कि वो होमोसेक्सुअल था। उसे किसी भी क़िस्म के प्यार से तकलीफ़ नहीं थी। उसके हिसाब से प्यार दुनिया का एकमात्र नॉर्मल फ़लसफ़ा था। अगर उसे दुनिया में किसी भी बात से तकलीफ़ थी, तो बस इस बात से कि विक्रम जब भी अपने अतीत से परेशान होता था तो वो कुमार से मुँह फेर लेता था।

"तकलीफ़ क्या है तुमको?" कुमार ने विक्रम की तल्ख़ी से चिढ़कर, लगभग चिल्लाते हुए कहा।

"तकलीफ़ मतलब?" विक्रम ने आँख चुराए हुए सवाल का जवाब सवाल से दिया।

"होंठों पर चूम लेने से क्या तकलीफ़ है तुमको?" कुमार ने और ग़ुस्से में, और भी अधिक चिल्लाते हुए पूछा।

विक्रम ने जवाब देने से बचने के लिए अपने होंठ अंदर को खींच लिए।

"विल यू मैरी मी और नॉट?" कुमार ने विक्रम के भिंचे हुए होंठों

से पूछा।

"अब ये अचानक से 'मैरी मी' की बात कहाँ से आ गई?" विक्रम के भिंचे हुए होंठों ने बाहर निकलते हुए जवाब दिया।

"अचानक से विक्रम? अचानक से? बीसियों बार पूछा है तुमसे और बीसियों बार तुमने इनकार किया है।"

"हाँ मना किया है! क्योंकि एक लड़के का दूसरे लड़के से शादी करना बेवक़ूफ़ी है। शादी लड़के और लड़कियों के बीच होती है। हमारी शादी में दुल्हन बनकर कौन आएगा मिस्टर कुमार? लाल साड़ी पहनकर तुम आओगे या मैं? शादी के बाद तुम मिसेज़ विक्रम कहलाओगे या फिर मैं मिसेज़ कुमार हो जाऊँगा?"

विक्रम कुमार से चिढ़कर दूसरे कमरे में चला गया।

दूसरे मतलब उस कमरे में जिसमे वो तब रहता था, जबकि वो इस फ़्लैट में नया-नया आया था। विक्रम का फ़्लैटमेट बनकर। 'लव ऐट फ़र्स्ट साइट' जैसा कुछ-कुछ तो उनके बीच भी हुआ था।

कुमार विक्रम को एकटक देखता रहं गया था और विक्रम कुमार को क़िस्तों में चुरा-चुराकर देखता रहा। हालाँकि कुमार इस बात पर शर्मिंदा नहीं हो रहा था कि वो विक्रम को टकटकी बाँधे देखे जा रहा था। पर विक्रम हर बार नज़र मिलने पर, पकड़े जाने पर, नज़रें झुका ले रहा था। नज़रें मिलाने और नज़रें बचाने के इसी बरसों पुराने खेल में कोतवाल को चोर से प्रेम हो गया।

तीसरा दिन ही बीता था, जब कुमार ने विक्रम से कहा था कि उसे विक्रम की आँखें बेहद ख़ूबसूरत लगती हैं और वो उन्हें स्केच करना चाहता है। विक्रम ने दो चुटकी शरमाकर और एक चुटकी झेंपकर मुँह फेर लिया था। लेकिन वो मुस्कुराया भी था और वॉशरूम जाने का बहाना करके अंदर आईना देखने चला गया था।

विक्रम आईने में ग़ौर से अपनी आँखों को देख रहा था और अपनी आँखों की पुतलियों में उस इनग्रीडिएंट को खोजने की कोशिश कर रहा

था जो उसकी आँखों को सुंदर बना रहा था। शरमाया हुआ विक्रम इतनी आँखें मिचकाता था कि उसके लिए दो-तीन सेकेंड भी अपनी आँखें खोले रख पाना दुश्वार हो जाता था। फिर भी, जैसे-तैसे विक्रम अपनी आँखों को भौहों तक चढ़ाकर उनकी सुंदरता को समझने की कोशिश कर रहा था।

"अखरोट खोज रहे हो?" पीछे से कुमार ने खिलखिलाकर हँसते हुआ पूछा था।

"नहीं वॉशरूम ही जा रहा था। आँख में कुछ फँस गया है शायद।" बोलकर विक्रम फौरन वॉशरूम भागा और उसने झट से दरवाज़ा बंद कर लिया था। कोई बीस मिनट तक विक्रम वॉशरूम से बाहर नहीं निकला। क्योंकि उसे दरवाज़े पर कुमार की आहट सुनाई दे रही थी। ख़ुशी-ख़ुशी में जी भर के रो लेना क्या होता है, इस बात का तजुर्बा उसे उस दिन पहली बार हुआ था। हालाँकि दरवाज़े के उस पार से कुमार के खटपट करने की आवाज़ें अभी तक आ रही थीं लेकिन हिम्मत करके विक्रम बाहर निकला। कुमार एक बड़े से कैनवस पर विक्रम की आँखें स्केच कर चुका था और वो उन्हें तरह-तरह के एंगल्स से निहार रहा था।

"ठीक बनी हैं?" कुमार ने पूछा।

"बेहद!" कहने की विक्रम ने कोशिश की।

"तुम्हारी आँखों की पुतलियाँ हेज़ल नट जैसी हैं।" कुमार ने कहा था। "न भूरी, न काली। न बिल्लौरी, न शेर की आँखों-सी। दोनों के एकदम बीचों-बीच। लेकिन ज़्यादा रोया मत करो। हेज़ल नट की सेहत के लिए ज़्यादा पानी अच्छा नहीं होता। सील जाता है।"

कुमार विक्रम के हेज़ल नट्स की सीलन में धूप की गुनगुनाहट की तरह आया था। जब विक्रम देर शाम अपनी नौ-से-सात की नौकरी बजाकर लौट रहा होता तो अक्सर कुमार किचन में तड़का लगा रहा होता। ये लगभग रोज़ाना ही होता था कि विक्रम कुछ देर जी भरकर अपने मैनेजर को कोस रहा होता और कुमार उतनी देर में डाइनिंग टेबल पर खाना सजा देता।

विक्रम के कोसते हुए होंठों पर कुमार अपने हाथों में थामा हुआ निवाला लगा देता था और विक्रम अचानक चुप हो जाता। जब कभी विक्रम उसपर भी चुप नहीं होता तो कुमार ज़रूरत से बड़ा निवाला उसके होंठों के भीतर सरका देता। विक्रम सिर्फ़ इस वजह से चुप हो जाता था क्योंकि मुँह में इतना बड़ा कौर होने से उसके लिए बोलना मुश्किल हो जाता।

विक्रम पानी का गिलास खोजने लगता तो कुमार उसे परे सरकाकर कहता कि खाने के बीच में पानी नहीं पिया जाता। थोड़ी देर पानी के गिलास के लिए झगड़ा होता लेकिन विक्रम जल्दी ही हार मान लेता और चुपचाप खाना खाने लगता।

खाने के दौरान कुमार को पैर के अँगूठे से टेबल के नीचे विक्रम के पाँव पर गुदगुदी करना बेहद पसंद था। विक्रम को इस पूरे खेल से कोई एतिराज़ नहीं था, बशर्ते उस दिन उनके साथ कोई और डिनर न कर रहा हो। हालाँकि कुमार को ये खेल ज़्यादा मज़ेदार तभी लगता था जब उस दिन एक अदद मेहमान डिनर टेबल पर मौजूद हो। शर्म से विक्रम के चेहरे को सुर्ख़ होते देखना उसे बेहद पसंद था।

डिनर के बाद दोनों अक्सर बालकनी में बैठकर देर रात तक वाइन पिया करते और आसमान तका करते। कुमार को दिन का ये हिस्सा सबसे ख़ास लगता था क्योंकि यही वो वक़्त था जब आसमान की काली-सफ़ेद सीनरी और वाइन के हल्के सुरूर की आड़ में विक्रम वो सब कह दिया करता था जो वो अमूमन नहीं कहा करता था। जैसे :-

1. चाँद दुनिया की सबसे ओवर-रेटिड चीज़ है और उसने बेवजह ही दुनिया के सभी कवियों और पेंटरों का माथा ख़राब कर रखा है।

2. मुझे तारे गिनना पसंद है और तुम्हें चाँद गिनना पसंद है। लेकिन चाँद तो एक ही होता है कुमार! गिनना ही है तो तुम तारे क्यों नहीं गिनते हो?

3. जब लोग मर जाते हैं तो वो तारा बन जाते हैं। एक दिन मेरी माँ भी

मरकर चुपचाप तारा बन जाएगी लेकिन जब मेरा बाप मर जाएगा तो वो भगवान की नाक में तब तक दम करेगा जब तक कि वो उसे चाँद नहीं बना देता। उसे तारे एकदम पसंद नहीं हैं।

4. लेकिन चाँद बनकर हर पंद्रह दिन बाद मेरा बाप मिट जाएगा। मेरी माँ हर रात ज़िंदा रहेगी। ज़िंदा रहेगी न कुमार?

5. अगर तुम्हें एक मास्टरपीस पेंट करना होगा तो तुम क्या पेंट करना पसंद करोगे कुमार? चाँद या फिर उसके बाज़ू में गुमसुम-सा बैठा वो तारा... ?

6. ...मुझे मालूम है। तुम तारा ही बनाओगे! है न कुमार?

कुमार इन सब बातों का न ही कोई मतलब निकालने की कोशिश करता था और न ही कोई जवाब। इनका शायद कोई मतलब था भी नहीं। या अगर था भी तो उनको 'न समझना' उन्हें 'समझे जाने' से कहीं अधिक ख़ूबसूरत था। और उससे भी अधिक ख़ूबसूरत था, ये सब कहते-बोलते विक्रम का कुमार की गोद में वाइन का गिलास थामे हुए सो जाना, हौले-से वाइन के गिलास का ढुलक जाना। लाल वाइन में ओवर-रेटिड चाँद का अंडर-रेटिड अक्स झलकना। कुमार का विक्रम के बालों पर हाथ फिराना और उसके जाने बग़ैर चोरी से उसके होंठों को हल्के-से चूमते रहना।

ऐसे में, विक्रम को अपनी गोद में लेटे हुए देखना कुमार को बे-इंतिहा सुकून देता था। उसका भोला चेहरा देखकर कुमार का हिया जुड़ा जाता था। वो उन सारे लम्हों को उँगलियों पर गिना करता था जब विक्रम इतना ही भोला, बे-परवाह, शांत और मगन दिखाई दिया हो। जब कुछ पल के लिए ही सही, विक्रम अपने आपसे ज़रा-सा भी शर्मिंदा, ख़फ़ा न दिखा हो। वो याद करता था, मार्च की वो गुनगुनी दोपहर जब दोनों पुराना क़िला देखने गए थे और विक्रम अपनी आवाज़ का ईको सुनकर बच्चे की तरह ख़ुश हो गया था। 'कुमार' वो मद्धिम आवाज़ में चिल्लाया था और जवाब में सारी दीवारों ने मिलकर कुमार को पुकारा था। विक्रम एड़ियों पर कौतूहल से उछल पड़ा था और उसकी आँखें चमक आई थी। उसने

डरते-डरते देखा कि अगल-बगल कोई नहीं था।

वो याद करता था किस तरह से विक्रम फिर से मद्धिम से तनिक अधिक ऊँची आवाज़ में 'कुमार आई लव यू' चिल्लाया और 'कुमार', 'आई', 'लव' और 'यू' की चार आवाज़ें अलग-अलग दीवारों से टकराकर, मोतियों और रंग-बिरंगे कंचों की तरह, उन दोनों पर बरसने लगीं। विक्रम उन्हें मुट्ठियों में पकड़ घंटों अपनी जेबों में भरता रहा।

वो याद करता था नवंबर की एक बुझी-सी शाम जब विक्रम ने शरारती होते हुए पूछा था, 'इस पेड़ पर अपना नाम लिख दें? कुमार लव्ज़ विक्रम?' और फिर ख़ुद ही ये सोचकर शर्मा गया था कि ये थोड़ा ज़्यादा चीज़ी हो जाएगा। नाम न लिख पाने की हूक रह-रहकर उसके मन में कई दिनों तक उठती रही।

वो याद करता था जनवरी की अलसाई-सी सुबह जब रज़ाई में लेटे हुए विक्रम मुट्ठी में अपनी बीच वाली उँगली छुपा लिया करता था और कुमार से उसे खोजने की ज़िद करता था। फिर अक्सर इस बात पर खिलखिलाकर हँस पड़ता था कि कुमार हमेशा उसकी कानी उँगली ही पकड़ पाता है।

वो याद करता था अगस्त की वो सीली हुई भीगी-सी रात जब झमाझम बारिश से चहककर विक्रम ने कहा था कि चलो हम दोनों पैसे जोड़ लेते हैं और भागकर हवाई चले चलते हैं। सुना है वहाँ ख़ूब बारिश होती है और वो जगह बारिश में बेहद सुंदर लगती है। वहाँ हमें कोई पहचानता भी नहीं है।

आज फिर झमाझम बारिश गिर रही थी। कमरे में अकेले उदास बैठे विक्रम ने खिड़की से बाहर देखा तो ऐसा लग रह था जैसे कोई वाइपर से चाँद को धुल रहा हो। झगड़ बैठना उसे इधर टीस रहा था और उधर कुमार को। अक्सर झगड़ा होने पर मनाने की पहल कुमार करता था लेकिन आज घंटा भर बीत जाने के बाद भी कुमार विक्रम के कमरे में नहीं आया। चूँकि ऐसा पहले कभी नहीं हुआ था इसलिए विक्रम की पीठ पर काली-स्ट्रेट-

लाइन में कुछ कसमसा रहा था।

कुछ था जो पीठ पर चूँटी काट रहा था। कुमार की ग़ैरमौजूदगी में वो बेइंतिहा घबरा रहा था। हालाँकि कुमार उसके बग़ल वाले कमरे में ही था लेकिन ये डर उसे खाए जा रहा था कि अगर कुमार उससे ग़ुस्सा होकर कहीं चला गया तो वो क्या करेगा! ऐसा लग रहा था कि काली-स्ट्रेट-लाइन फिर से ताज़ा हो रही है और अभी फट पड़ेगी। चौड़ाई में। गहराई में। फट गई तो न जाने उसके भीतर से क्या-क्या निकल पड़ेगा। स्टील की रॉड, 'गांडू' लिखा हुआ टैटू। उसकी बेबस माँ। कर्नल राठौर की वर्दी पर लगे स्टार्स। ख़ुद कर्नल राठौर, चमड़े की बेल्ट।

विक्रम इस कदर बेचैन हो रहा था कि वो शीशे के सामने खड़ा गर्दन घुमाकर मुड़-मुड़कर अपनी पीठ को देखने की कोशिश कर रहा था लेकिन ऐसा करके भी वो ये नहीं देख पा रहा था कि उसकी पीठ के भीतर क्या है, जो बजबजा रहा है, भलभला रहा है। 'गांडू' किसी ने पीछे से कहा, शायद कर्नल राठौड़ ने। वो हाँफता हुआ फिर पीछे घूमा। लेकिन गर्दन घुमाने से पीठ भी घूम जाती थी। पीठ घूम जाने से शीशा दूसरी तरफ़ मुँह फेर लेता था।

शीशा दूसरी तरफ़ था और उसमें विक्रम था। अकेला था। कुमार नहीं था। उसमें कर्नल राठौर भी थे। उनके हाथ में चमड़े की बेल्ट भी थी। कुमार नहीं था। कुमार कहाँ था?

"कुमार!" विक्रम चीख़ा।

कुमार दूसरे कमरे में था और वो ग़ुस्से में कैनवस पर लाल रंग के अलग-अलग शेड्स फेंक रहा था। वो हाँफने की वजह से गहरी साँसें ले रहा था या फिर गहरी साँसें लेने की वजह से हाँफ रहा था। कैनवस पर बिखरा हुआ रंग ऐसे जमा हुआ था जैसे उसे पहले दाएँ-से-बाएँ सरकाकर बिखेर दिया गया हो और फिर बाएँ-से-दाएँ सरका कर वापस समेट दिया गया हो।

कुमार ख़ुद भी लाल रंग से सराबोर था। विक्रम दौड़ा। दूसरा कमरा

कोई अधिक दूर नहीं होता पर वो फिर भी दौड़ा। जैसे उसके पास कुछ-एक सेकेंड की ज़िंदगी ही बाक़ी है। जैसे कोई मछली पानी की तह से ऊपर छिटक आई हो और उसे पता हो कि अगर वो जल्दी ही पानी के अंदर डुबकी नहीं लगाएगी तो उसकी साँसें हवा में ही छूट जाएँगी। बची हुई साँसों को जल्दी-जल्दी निगलते हुए विक्रम दौड़ा। वहाँ जहाँ पानी था।

वो कुछ दो-तीन सेकेंड में कुमार के कमरे में पहुँच भी गया। लेकिन कुमार विक्रम की तरफ़ मुड़ा नहीं और वो कैनवस पर रंग फेंक रहा था। ग्रामोफ़ोन पर विनाइल रिकॉर्ड लगा हुआ था और मेटल की तन्नी उसे खुरच-खुरचकर उसके सीने से जज़्बात कुरेद-कुरेदकर निकाल रही थी। एक तन्नी विक्रम का सीना भी कुरेद रही थी और एक तन्नी कुमार का।

"बलमवा तुम क्या जानो प्रीत... क्या जानो... तुम क्या जानो प्रीत।" विनाइल ने ताना कसा।

विक्रम ने चौंककर कातर आँखों से एक तरफ़ कुमार को देखा और दूसरी तरफ़ ग्रामोफ़ोन को। बेगम अख़्तर ये सवाल किससे पूछ रही थीं?

"कुमार!" विक्रम ने हाँफते हुए कहा। कहा या शायद पूछा। उसकी आवाज़ में आग्रह था, बेबसी थी और मदद की गुज़ारिश भी। कुमार ने बचा-खुचा सारा रंग कैनवस पर उड़ेल दिया और वो कैनवस को अपनी बाँहों में भींचकर बैठ गया।

विक्रम डरते हुए आगे बढ़ा और उसने रोते हुए कुमार को अपनी बाँहों में भर लिया। कुमार ने अपनी मुट्ठियाँ भींच ली। वो अपने हाथों को, विक्रम को गले लगाने से रोकना चाहता था इसलिए उसने कैनवस का कपड़ा अपनी मुट्ठियों में भींच लिया। विक्रम ने कुमार की मुट्ठियाँ खींचकर उनकी गलबहियाँ बना लीं।

"आई एम सॉरी!" विक्रम ने कहा।

"आई डोंट नीड यॉर सॉरी!" कुमार ने कहा।

"आई लव यू!" विक्रम ने कहा।

"आई डोंट नीड योर लव आइदर!" कुमार ने कहा।

"मुझे तुमसे कुछ कहना है कुमार!" विक्रम ने कहा।

"...." कुमार ने कुछ नहीं कहा।

"जब हम बालकनी में बैठकर वाइन पी रहे होते हैं और तुम्हें लगता है कि मैं वाइन के नशे में तुम्हारी गोद में सो चुका हूँ। तुम चोरी से मेरे होंठों को चूम लेते हो। दरअसल, मैं उस वक़्त सो नहीं रहा होता। मैं हर बार उस लम्हे का इंतज़ार कर रहा होता हूँ जब तुम चोरी से मेरे होंठों को चूम लो।"

"...." कुमार ने फिर कुछ नहीं कहा।

"आज पीठ में बहुत दर्द हो रहा है कुमार, प्लीज़ मुझे चूम लो।"

कुमार ने मुँह घुमा लिया।

"ये अपराधबोध, ये गिल्ट जो पता नहीं क्यों मेरी पीठ पर बेल्ट का निशान बनकर छप गया है। मुझे नहीं पता वो कभी मिटेगा या नहीं। लेकिन अब मैं उसके भरने-मिटने का साल-दर-साल इंतज़ार करना भी नहीं चाहता। कुमार... आई वांट यू टू किस मी!" कहते-कहते विक्रम फूट-फूटकर रोने लगा।

"कुमार बहुत छरछरा रहा है। दर्द हो रहा है। मुझे चूम लो न।"

विक्रम को रोता देख कुमार का दिल सील गया और उसने विक्रम के माथे को चूम लिया।

"नो! नॉट लाइक दैट मिस्टर कुमार! इट्स माय बर्थडे।"

कुमार ने काँपते होंठों से विक्रम के गालों को चूम लिया।

"इट्स माय बर्थडे मिस्टर कुमार! किस मी लाइक यू हैव नेवर बिफ़ोर! किस मी ऑन माय लिप्स!"

कुमार उसे चूमने के लिए मुड़ा और उसने विक्रम का चेहरा अपनी दोनों हथेलियों में भरा। वो सोच ही रहा था कि वो परफेक्ट kiss कौन-सी होगी लेकिन विक्रम ने उसका इंतज़ार करने या फिर उससे दुबारा आग्रह करने के बजाय ख़ुद कुमार के होंठों को कसकर चूम लिया। कुमार कुछ कहने-बोलने-सुनने की हालत में नहीं था क्योंकि पहली बार विक्रम ने उसे इस तरह चूमा था। ये एक ऐसा चुंबन था जिसमें कोई अपराधबोध

या गिल्ट नहीं था।

क्योंकि अब विक्रम को इस बात की क़तई फ़िक्र नहीं थी कि जब उनका चुंबन फ़िल्मी पर्दे पर पहुँचेगा तो लोग उसके जवाब में तालियाँ बजाएँगे या ज़बान भर के थूकेंगे। विक्रम के होंठ डाकिया बनकर आए थे और ये चुंबन एक चिट्ठी थी जो विक्रम ने कुमार के होंठों के लेटरबॉक्स पर हौले-से पोस्ट कर दी। चिट्ठी मिलते ही कुमार शांत हो गया। सुकूँ से भर गया। कहने-बोलने की बेजा मशक़्क़त में वो सबकुछ जो दोनों एक-दूसरे को पिछले पाँच सालों में नहीं समझा पाए थे वो उस चिट्ठी ने बिना बोले कह दिया।

"विल यू मैरी मी मिस्टर कुमार?" विक्रम ने अपने घुटनों पर झुककर पूछा।

"आई विल।" कुमार ने कहा।

कुमार का एक आँसू विक्रम की रिंग-फिंगर पर गिरकर अँगूठी हो गया।

क्यूट मोहर सिंह

मोहर सिंह को अच्छा लगता था जब उन्हें कोई दबंग कहता था। हालाँकि उन्हें 'दबंग' के अलावा और भी तमाम विशेषणों से नवाज़ा जाता था। मिसाल के तौर पर, कोई उन्हें 'ठाकुर जी' कहता था, कोई 'बड़े भाई जी' पुकारता था। तो कुछ लोग उन्हें 'सिंह साब' भी कहते थे। मिज़ाज की बात करें, तो मोहर सिंह गब्बर सिंह की क़द-काठी और तापमान के पट्ठे थे। उनकी चितवन ऐसी करारी थी कि जिसे घूर कर देख लें वो पैजामा सँभाले खेतों की ओर दौड़ जाए।

ऐसे में मोहर सिंह ने कभी नहीं सोचा था कि वो एक दिन दबंग, ठाकुर जी, बड़े भाई जी या फिर सिंह साब में से कुछ भी नहीं रहेंगे और रातोरात 'क्यूट मोहर सिंह' हो जाएँगे। ऐसा उन्होंने इसीलिए भी नहीं सोचा होगा, क्योंकि इतनी बेढंगी बात सोचने की कोई लाज़मी वजह भी तो होनी चाहिए। लेकिन होनी तो फिर होनी ही होती है। और होनी के फेर में, मोहर सिंह एक दिन सुजाता को ब्याह लाए। फिर वो बड़ी-बड़ी दाढ़ी-मूँछ के बीच, जितना भी दिखाई देते थे, उतने पूरे चेहरे-मोहरे में, वो एक-एक इंच तक सुजाता के 'क्यूट मोहर सिंह' हो गए।

मोहर सिंह को समझ नहीं आता था कि सुजाता के पायलों की छम-छम कानों में पड़ते ही उनके पूरे बदन में झुरझुरी-सी क्यों दौड़ जाती थी।

हैरान होकर उन्होंने एक बार सुजाता से कहा भी था, "जानती हो, जब तुम कमरे में आती हो हमको कुछ अजीब-सा होने लगता है।"

"अजीब-सा माने?" सुजाता ने गोल होती हुई आँखों की गोलाई से पूछा।

"अजीब-सा माने... झुरझुरी-सा।" मोहर सिंह ने थोड़ा सोचते हुए जवाब दिया।

"झुरझुरी-सा माने?"

"झुरझुरी-सा माने... जैसे ज़्यादा नमक लगाकर, पूरी एक फाँक इमली चाट ली गई हो। ऐसा बचपन में अक्सर होता था।"

सवाल का जवाब देते-देते मोहर सिंह एक पल में इमली की डाल पर पहुँच गए और बच्चे हो गए। उनका जवाब भी बच्चे जैसा था। जो देखा सो कहा वाला जवाब। वैसे भी मोहर सिंह कोई पढ़े-लिखे तो थे नहीं कि वो इस झुरझुरी को प्यार का नाम दे पाते। वो ज़्यादा-से-ज़्यादा बेहूदे थे। इसलिए वो जस को जस ही कहते थे, तस नहीं। हालाँकि अच्छी बात ये थी कि सुजाता भी कोई अधिक पढ़ी-लिखी नहीं थी इसलिए वो जस में तस नहीं खोजती थी और 'तनी' से जस को पकड़कर बच्ची की तरह ख़ुश हो जाती थी।

बात की बात ये कि मोहर सिंह इस नई प्यारी ज़िंदगी से हैरान ज़रूर थे पर बेइंतिहा ख़ुश भी थे।

सुजाता के आने से मोहर सिंह की पूरी दिनचर्या सिरे से बदल गई थी। ऊट का पटाँग हो गया था और गोबर का गुड़। वही मोहर सिंह जो सुबह उठते ही, लोटा उठाने से पहले दंड पेलने भागते थे, वो अब चाय बनाती सुजाता को किचन से, धीरे-से पकड़ लाते और उसे तकिया की तरह बाँहों में भरकर, वापस आधे घंटे के लिए सो जाते थे।

वही मोहर सिंह जो पहले अपनी दुनाली बंदूक़ का एक-एक हिस्सा-पुर्ज़ा खोल-निकालकर घंटों साफ़ कर दुबारा, रिवर्स में जोड़ देते थे, वो अब उसके फूले हुए नथुनों जैसी नाल की तरफ़ भूले-बिसरे भी नहीं देखते

थे। मतलब यह कि मोहर सिंह दबंगई का कारोबार वैसे ही भूल बैठे थे जैसे अचानक औक़ात से ज़्यादा राजपाट मिल जाने पर, वानर राज सुग्रीव भगवान् राम की विपदा भूल गए थे।

ज़्यादा वक़्त नहीं बीता था जब मोहर सिंह 'फैंटम' हुआ करते थे। आजकल उनकी चेला-पार्टी को सबसे ज़्यादा दुःख इसी बात का होता था कि अब वो 'बड़े भैया' के साथ कहीं दबिश देने नहीं निकल पाते हैं। चाय की दुकान पर बैठे, आजकल यही रोना रोते रहते थे कि उनका बब्बर शेर भी पालतू हो गया। बब्बर शेर न सिर्फ़ दातून करने लगा है बल्कि नैपकिन से मुँह भी पोंछने लगा है। चेला पार्टी, यानी कि भगत, जुआरी और साधू समोसे को धनिया की खट्टी चटनी और आँसुओं के खारे चखने से गले के नीचे धकेल रहे थे। भगत तो हत्थे से उखड़ चुका था क्योंकि उसे ऐसा लग रहा था कि वो मोहर सिंह की शादी की वजह से इकट्ठे ही अनाथ और बग़ैर रोज़गार हो गया। इतना दुःख तो उसे तब भी नहीं हुआ था, जब उसका ट्रक ड्राइवर बाप अपने क्लीनर की बीवी के साथ हमेशा के लिए बाहर-गाँव भाग गया था। साधू और जुआरी की इच्छा तो नहीं हो रही थी लेकिन वो फिर भी उसे समझा-बुझाकर चुप कराने की कोशिश कर रहे थे।

"अरे, चुप भी हो जा बे! या तो खा ले या फिर रो ले। बुझा नहीं रहा है कि तू खा-खा के रो रहा है या फिर रो-रो के खा रहा है।"

"चुप कैसे हो जाएँ साधू भैया। शरीर का एक-एक अंग बेकार-सा मालूम होता है। हाथ है लेकिन घुमा के किसी को कंटाप नहीं लगा सकते। टाँग है लेकिन किसी की छाती पर धर के ओकरा गटई नहीं दबा सकते। तमंचा है लेकिन पैजामे की इलास्टिक में बस फँसा के रखे हुए हैं। निकालने का लग्गा ही नहीं लग पा रहा है।"

"तुमको मालूम है आज कौन-सा दिन है भगत?" साधू ने कहा।

"हमारी-तुम्हारी बर्बादी का उद्घाटन दिवस है आज।" भगत ने चिढ़कर कहा।

“आज मुरैना वाले ढाबे की लूट का पहला हैपी-बड्डे है।” साधू ने याद दिलाया।

आज से ठीक एक साल पहले मोहर सिंह ने भगत, जुआरी और साधू के साथ दिन-दहाड़े एक ढाबा लूट लिया था। यह लूट अपने आप में एक कहानी इसलिए बन गई थी क्योंकि ये ढाबा मुरैना के हिस्ट्रीशीटर हलकान सिंह का था। वैसे तो मोहर सिंह का ऐसा कोई प्लान नहीं था लेकिन बात सिर्फ़ यूँ बिगड़ गई कि मना करने के बावजूद बीयर के साथ लाए गए चखने में हरी मिर्च कतर दी गई थी।

मोहर सिंह को तीता लग गया और उन्होंने टेबल साफ़ करने वाले लड़के के सर पर किंगफ़िशर स्ट्रांग फोड़ दी थी। यदि उस दिन मोहर सिंह ने स्ट्रांग की जगह लाइट पी होती तो शायद बात का बतंगड़ नहीं बनता। ये स्ट्रांग का ही करा-धरा था कि मोहर की टोंटी खुल गई। वैसे अमूमन तो भगत, जुआरी और साधू मोहर सिंह का तापमान क़ाबू कर लेते थे लेकिन उस दिन वो भी स्ट्रांग पीकर ही टाइट थे। इसलिए बजाय मोहर को मना करने के, उन्होंने एक-एक करके उनके हाथ में बारह बोतलें थमा दीं और मोहर सिंह बोतलें फोड़ते चले गए।

वैसे तो मोहर सिंह दुनिया के पहले दबंग नहीं थे जिन्हें बीयर की बोतल ने दबंग बना दिया था। लेकिन मोहर सिंह दुनिया के ऐसे पहले दबंग ज़रूर थे जो दुल्हन से ब्याह कर के ख़ुद दुल्हन हो गए। अब उनके चेलों को चिंता इस बात की सता रही थी कि उनके बब्बर शेर की दातून कैसे छुड़ाई जाए और उसे वापस जंगल में शिकार करने के लिए कैसे लाया जाए। लेकिन इधर बब्बर शेर तो रिंग मास्टर के इश्क़ में ख़ुद हज़म होने की तैयारी किए बैठा था। रिंग मास्टर तो क्या उसे तो चाबुक से भी इश्क़ हो गया था।

सुजाता में उनकी जान बस गई थी। यहाँ वही क़िस्सा हो चला था जो जादूगर और तोते की कहानी में फ़रमाया गया है। वही कहानी, जिसमें कहने को पिंजरे में तोता क़ैद हुआ करता था लेकिन असल में, पिंजरे में

जादूगर की जान क़ैद हुआ करती थी। जिस दिन सुजाता मोहर सिंह से रूठ जाती थी उस दिन उनकी जान निकलने को होती। हालाँकि ज़्यादातर सुजाता यूँ ही जानबूझकर रूठ बैठती थी पर उस झूठ-मूठ के मनौवल में भी मोहर की ऐसी-तैसी हो जाती थी। मानो दिल का कारख़ाना ही ठप्प हो गया हो। न उगलते बनता था न निगलते।

ख़ैर। रूठते-मनाते और इश्क़ फरमाते, क्यूट मोहर सिंह की ज़िंदगी हसीन हो चली थी।

इसी रूमानी सिलसिले में एक दिन मोहर और सुजाता रविवार की सुबह दूरदर्शन पर रंगोली देख रहे थे। श्वेता तिवारी एक से बढ़कर एक गानों की रंगोली लेकर आई थी। अभी थोड़ी देर पहले 'लग जा गले' ख़त्म हुआ था और उसके बाद 'सबकी पसंद निरमा' का विज्ञापन आने लगा तो सुजाता वापस चाय बनाने के लिए किचन में चली गई। अगले गाने- 'मोरा गोरा अंग लई ले, मोहे श्याम रंग दई दे' की आवाज़ आते ही सुजाता सब छोड़-छाड़कर टीवी की तरफ़ भागी और मोहर के बगल में बैठकर गाना गुनगुनाने लगी।

अमूमन गोरा और श्याम मिलकर श्वेत-श्याम रंग बनाते हैं लेकिन जब सुजाता के गोरे रंग ने मोहर के श्याम रंग को हल्के से छुआ तो लाल रंग बन गया।

चित्रकारी का काम जारी रहता लेकिन उसमें बाधा डालने को दरवाज़े पर घंटी बजी। सुजाता भागकर वापस किचन में चली गई और मोहर दरवाज़ा खोलने उठे। दरवाज़ा खोला तो देखा कि साधू और भगत आए हुए थे। और दोनों ने पहले से ही नमस्कार की मुद्रा बनाई हुई थी। जैसे कि टीवी खोली गई हो और श्वेता तिवारी ने रंगोली के 'क्रू' के इशारे पर चार इंच की मुस्कान ओढ़ ली हो।

मोहर सिंह दोनों को ऐसे देख रहे थे जैसे कि इस फ्रेम में वो दोनों कहीं से भी फ़िट ही नहीं हो पा रहे थे। मानो रामायण के इंतज़ार में टीवी खोली गई हो और स्क्रीन पर मूक बधिरों के समाचार वाले एंकर विराजमान

हों। साधू मूक हो चुका था और भगत बधिर। मोहर ने पूछा- "कैसे आना हुआ?" भावातिरेक में भगत को कुछ सुनाई ही नहीं पड़ा और डर के मारे साधू को कुछ बोलते ही न बना। मोहर सिंह ने चिढ़कर दोनों को अंदर का रास्ता दिखाया तो साधू और भगत अंदर आकर सोफ़े पर सकुचाए से बैठ गए। भगत ग़लती से सुजाता की चुन्नी पर बैठ गया। चूँकि सुजाता बिना चुन्नी के आ नहीं सकती थी, इसलिए उसने जैसे-तैसे ट्रे और चाय के कप को चुन्नी के सब्स्टीट्यूट के तौर पर पकड़ा। सुजाता चाय ले तो आई लेकिन वो ट्रे को टेबल पर रख नहीं रही थी।

"नमस्ते भाभी जी! अरे इतनी तकलीफ़ काहे उठाई आपने? लाइए ई ट्रे हमको पकड़ाइए, हम सबको चाय देते हैं।"

साधू चाय लेने के लिए खड़ा हो गया। उसने ट्रे की तरफ़ हाथ बढ़ाया तो सुजाता छिटककर दो क़दम पीछे हट गई। साधू एक क़दम और आगे बढ़ा तो सुजाता चार क़दम और पीछे छिटक गई।

"अरे भाभी जी, काहे पाप लगा रही हैं। ये सब तो हम ही लोग का काम है। आप ऐसे चाय लेकर आएँगी तो अच्छा थोड़ी लगेगा। पहले तो हम ही लोग बनाते थे।"

"चुन्नी..." सुजाता ने चौंक कर कहा।

"चीनी? हाँ वो किचन में रखा होगा, अभी लिए आते हैं।"

"चुन्नी!"

"जी... चुन्नी? हम...?"

"वो आपके दोस्त उसपर बैठ गए हैं।" भगत उछलकर ऐसे खड़ा हो गया जैसे वो चुन्नी नहीं, गर्म तवे पर बैठा हुआ था। हड़बड़ी में उसे ये नहीं समझ आया कि वो चुन्नी सुजाता को कैसे पकड़ाए।

उसने अपने हाथों से तो ट्रे पकड़ रखी थी। डर के मारे, अचानक उसे ऐसा लगने लगा कि अभी मोहर पैजामे से अपना तमंचा निकालकर उसके कान पर सटा देंगे और वो मरने से पहले बहरा हो जाएगा। वो मरने से उतना नहीं डरता था जितना बहरा होकर मरने से डरता था। इस डर

से उसने चुन्नी सुजाता के कंधे पर फेंक दी और चाय की ट्रे लेकर मेज़ पर रख दी।

"ये क्या चल क्या रहा है? चाय, चीनी, चुन्नी... कोई समझाएगा हमको?" मोहर सिंह बौरा के ज़ोर-से चिल्लाए। अगले ही सेकेंड साधू और भगत चाय का कप लेकर सोफ़े पर बैठे मिले। ऐसे, जैसे कि कुछ हुआ ही नहीं था। ऐसे जैसे कि सेंसर बोर्ड ने पिछले दो मिनट का फ्रेम अश्लीलता की वजह से डिलीट मार दिया हो। अचानक से दोनों ने अपने चेहरे पर गंभीरता और भोलेपन की खिचड़ी लेप ली।

"चाय बहुते अच्छी बनी है... जो है... भाभी जी...।" भगत ने कहा, "अभी भकोसर की दुकान पर एकदमे घटिया चाय पीकर आ रहे थे। मुँह गँधा गया था ऐसी बकवास चाय थी!"

"आपकी चाय में इलायची की ख़ुशबू है।" साधू ने समर्थन देते हुए कहा।

सुजाता और अधिक शर्मिंदा नहीं होना चाहती थी इसलिए वो कुछ नाश्ता बनाने का बहाना करके अंदर चली गई। अब मैदान में सिर्फ़ तीन लोग थे—साधू, भगत और मोहर। मिनट भर में मोहर सिंह ने उन दोनों को, सवा सौ गलियाँ देकर 'तर' कर दिया। इस बात की शायद ही कोई गुंजाइश बची थी कि उनके ख़ानदान की कोई भी महिला आज कुँवारी छूट गई हो। और इसका पाप चढ़ा साधू और भगत की बेवक़ूफ़ी के माथे! भगत ने दौड़ कर मोहर सिंह के पैर पकड़ लिए।

"आप तो हमको अनाथ ही कर दिए न बड़े भाई जी। मतलब, हम लोग से ऐसा कौन-सा अपराध हो गया जो आप अपना हाथ ही हटा दिया हमारे माथे से। आप चाहे तो इस बेवक़ूफ़ी के लिए कूट दीजिए हमको! लेकिन ऐसा भी क्या ग़लती हुआ हम लोग से कि दो महीना से आप दबिश-दबंगई तो दूर, हम लोग के साथ चाय पीने को भी नहीं आए। हम भी कौन-सा अधीर हुए जा रहे थे।

हम कितना साइलेंट रहे हैं इतना दिन। ऐसा नहीं है कि हम आपको

परेशान करने आए हों एक भी बार, लेकिन ऐसे अच्छा थोड़े ही लगता है। आप हम लोग को एकदम भूल ही गए। बच्चा अनाथ हो जाएगा तो क्या रोएगा भी नहीं। कलप के मर ही न जाएगा!"

मोहर भगत के इतने लंबे मोनोलॉग को सुनकर औचक हो गए। काटो तो ख़ून नहीं। अब ये कौन-सा भाव था, क्या मालूम। उसपर भगत रोए जा रहा था। यहाँ सुजाता की चुन्नी भी नहीं थी, जो उससे वो अपने आँसू पोंछ लेता।

कुछ बेहतर न समझ आने पर मोहर ने उसके कंधों को दोनों हाथों से पकड़कर, उसे खींचकर, सोफ़े पर अपनी बग़ल में बिठा लिया। नतीजतन भगत और रोने लगा। अब ये वो नाज़ुक मौक़ा था कि अगर भगत अगले आधे मिनट में रोना नहीं बंद करता तो मोहर चिढ़कर उसे एक चमाटा रसीद कर देते। लेकिन उसकी ख़ुश-क़िस्मती थी कि वो चुप हो गया।

"अच्छा अब ये रोना बंद करो। ऐसा क्या हो गया जो इतना फूट पड़े?"

"ठाकुर जी, सब लोग आपका मज़ाक़ उड़ा रहे हैं। कह रहे हैं कि मोहर घाघरा-घुस्सू हो गया। मोहर सिंह अब 'मोहरा' सिंह हो गया... और..." साधू कहते-कहते रुक गया।

"और, और क्या?"

"छोड़िए, जाने दीजिए।"

"बोलो।"

"बड़े भाई जी, हमसे बोला नहीं जाएगा।"

"नहीं बोलोगे तो दाँत तोड़ देंगे तुम्हारा, फिर पोपले मुँह से बोलोगे।"

"यही कि अब मोहर सिंह से अपनी बीवी के साथ लूडो-साँप-सीढ़ी खेलने के अलावा और कुछ नहीं हो सकेगा। बेहतर यही होगा कि तुम लोग अपना नया सरदार खोज लो।"

"और वो ये भी कहते हैं कि मोहर सिंह सर्कस का शेर हो गया है।" भगत ने साधू की बात में एक और प्वाइंट जोड़ते हुए कहा। उसका चेहरा तमतमा रहा था।

"मालिक कोई हम लोग को गरिया ले तो हम लोग सुन भी लें, लेकिन आपको कोई कुछ भी कहे ये हमसे बर्दाश्त नहीं होता।"

भगत दुबारा रोने लगा।

मोहर को समझ आ चुका था कि अब माँद से बाहर निकलने का वक़्त आ चुका है और यदि अब शिकार नहीं किया गया तो लोग उन्हें चिड़ियाघर का शेर घोषित कर देंगे। और वो दिन अब दूर नहीं जब बच्चे उनकी खिड़की के जंगले से झाँककर उन्हें देखने आया करेंगे। वो मूँगफली फेंकेंगे और जवाब में मोहर दहाड़ेगा तो वो ताली बजाकर हँसेंगे।

वो दिन दूर नहीं जब वो 'सामान' हो जाएँगे।

और फिर गुलदस्ता हो जाएँगे।

"चलो जीप निकालो और हमको चाय की दुकान पर मिलो। सब अपना-अपना हथियार लेकर आओ और मुँह पर बाँधने के लिए अँगोछा भी।"

"मालिक आज धूप नहीं है। लू भी नहीं चल रही है।"

"अबे हम सर न फोड़ दें तुम्हारा! अँगोछा मुँह चिन्हाई से बचने के लिए लाना है। तमंचा लेकर धूप में तफ़री तो करते फिरेंगे नहीं! आज कुछ बड़ा हाथ मार के आएँगे। जिससे कि सब हरामियों का मुँह कम-से-कम साल भर न खुल सके।"

"बड़ा माने?"

"बड़ा माने कुछ भी। जहाँ सबसे जादा पैसा हो वहीं लूट मारेंगे। सुनार का दुकान, सेठ का घर, तिजोरी-ताला कुछ भी।"

"मालिक बैंक?" साधू ने कह तो दिया लेकिन वो कहते-कहते ख़ुद ही रुक गया।

मोहर की आँखों में चमक आ गई। साधू और भगत डर गए। उन्हें भी समझ आ रहा था कि वो बैंक किस मुँह से लूटेंगे। बिना प्लानिंग, बिना सूझ-बूझ। कोई ऐसे ही बैंक लूटने थोड़े ही चल देता है, कि बस अँगोछा बाँधे और लूट लिए। लेकिन मोहर की चमक से साफ़ था कि अब तो

बैंक लुट के रहेगा। ऐसे मौक़े पर साधू और भगत बैल हो जाते थे। भले ही उन्हें अपने कंधों और सींगों पर भरोसा न हो लेकिन उन्हें हाँकने-जोतने वाले पर पूरा भरोसा होता था।

"ठीक है मालिक। अब तो बैंक ही लुटेगा। यहाँ के बड़े-बड़े हरामियों का पैसा सरकारी बैंक की तिजोरी में बंद है। एक तिजोरी लूट ली तो उन सबकी तिजोरी इकट्ठे लुट जाएगी।"

"एक घंटे में चाय की दुकान पर मिलो।" मोहर ने कहा।

साधू और भगत हिरनी की तरह कुलाँचे भरते हुए मोहर के घर से फ़रारी बन निकले। वो 'गली में आज चाँद निकला' वाली पूजा भट्ट की तरह ख़ुश भी थे, हैरान भी और भौंचक्के भी। उन्हें उनका मोहर वापस मिल गया था। वो 'सनाथ' हो गए थे।

लावारिस के अमिताभ बच्चन को उसका अमजद ख़ान मिल गया था।

मोहर बहुत दिन बाद आज फिर अपनी दुनाली साफ़ कर रहे थे। दुनाली नथुने फुलाए बैठी थी। मोहर ने उसे तेल दिया और नज़ाकत से कपड़ा फिराया तो उसके नथुने शांत हुए। वो दुनाली के ज़ेहन में झाँककर आर-पार देख सकते थे। उसकी चिलमन के उस पार की दुनिया, इस पार की दुनिया से कहीं अधिक हसीन होती थी।

अचानक सुजाता आई तो मोहर ऐसे सकपका गए जैसे सुजाता ने उन्हें पुरानी दिलरुबा की बाँहों में देख लिया हो।

"क्या हुआ? आज अचानक बंदूक़ क्यों साफ़ कर रहे हैं?" सुजाता ने घबराकर पूछा।

"बस यूँ ही बाहर तक जा रहे हैं।"

"बाहर तक जा रहे हैं, तो बंदूक़ लेकर जाने की क्या ज़रूरत है। दुनाली तो चोर-डाकू लोग लेकर जाते हैं। बदमाश लोग रखते हैं।"

"अरे, कुछ हमारा भी मान-सम्मान है इधर! हम बिना बंदूक़ के नहीं निकलते हैं।"

"हमारी सहेली ने कहा था कि मोहर सिंह दबंग आदमी हैं। लेकिन

पापा ने कहा था कि सहेली तुमसे जलती है, इसलिए झूठ बोल रही होगी। वो सच कह रही थी क्या?"

"एक नंबर की झूठी है तुम्हारी सहेली। हम कोई दबंग-उबंग नहीं हैं। ठेकेदार हैं। इज़्ज़तदार हैं।"

"हाँ, तो फिर अभी रुक जाइए न।"

"अरे क्यों भई? बोले हैं न कि अभी आते हैं। ज़रा-सा टहलकर।"

"स्टार प्लस पर 'साथ निभाना साथिया' शुरू होने वाला है। हम हमेशा साथ में देखते हैं। आप ऐसे कभी भी हमको अकेला छोड़कर नहीं गए हैं संडे को।"

"अकेला छोड़कर नहीं गए हैं? तुम कोई बच्ची थोड़े ही हो। हम अपना काम निपटाकर आ जाएँगे। इतने दिन से तो घर में घुसे हुए हैं तुम्हारे चक्कर में।"

सुजाता को ऐसे जवाब की उम्मीद नहीं थी। उसकी गोल-गोल आँखों से एक मोटा-सा आँसू गालों पर ढुलककर टप्प-से ज़मीन पर गिर गया। ऐसा पहली बार हुआ था कि मोहर की किसी बात पर सुजाता को रोना आ गया हो। वो बिना कुछ कहे अंदर के कमरे में चली गई और दरवाज़ा अंदर से बंद कर लिया।

मोहर का दिल पसीज गया। उन्हें इतना बुरा पहले कभी नहीं लगा था। या अगर लगा भी था तो उन्हें वो क्षण याद नहीं आ रहा था। ये क्षण ताज़ा था। सामने था।

वो सुजाता को मनाने के लिए, उससे दरवाज़ा खोलने की दरख़्वास्त कर रहे थे लेकिन सुजाता कुछ जवाब नहीं दे रही थी। अब ये एक ऐसी 'सिचुएशन' थी जिसमें मोहर पहले कभी नहीं फँसे थे। यदि मोहर को इस सिचुएशन को एक शब्द में बयान करना होता तो वो शायद इसे 'विचित्र' कहकर बयान करते। उन्हें सुजाता को मनाने के तरीक़े का आइडिया लग तो रहा था, लेकिन एक शर्म थी, जो उन्हें उस तरीक़े का पल्ला पकड़ने से रोक रही थी। ये शर्म वैसी ही थी जैसे आपने पहले कभी ऐसा शब्द न

बोला हो जिसे सभ्य समाज में बोलना 'कुफ्र' समझा जाता हो। मसलन, आप नाबालिग़ उम्र में दोस्तों के बीच स्त्री-पुरुष के शरीर के प्राइवेट हिस्सों का नाम ले दें। या फिर हिंदी के लेखक 'सेक्स' शब्द की चर्चा छेड़ दें। या आप किसी मोहतरमा के सामने ऐसे अंतरंगी कपड़े का नाम ले दें, जो वो पहन सकती है लेकिन आप नहीं। फिर भी मोहर सिंह ने हिम्मत की। क्योंकि सुजाता को मनाना बेहद ज़रूरी थी। इसलिए उन्होंने वो क़दम भी उठा लिया जो उन्हें हद दर्जे तक असहज बना देता था।

मोहर सिंह ने सुजाता को जानू कहा!

"जानू... प्लीज़ दरवाज़ा खोलो।"

मोहर ने दरवाज़े पर कान लगाकर सुना। अंदर कुछ खटपट न हुई। इस समय बस उनकी ख़ुद की धड़कन सुनाई देती थी। उन्होंने फिर से हिम्मत की और 'कुफ्र' की दिशा में दूसरा क़दम बढ़ाया।

"मेरी जान! दरवाज़ा खोलो।"

फिर भी कोई खटपट नहीं हुई।

"डार्लिंग, सुजाता मेरी रानी!"

इस बार मोहर की धड़कन के अलावा खटिया पर से हल्की चूँ की आवाज़ सुनाई दी।

"लाडो... मेरी गुड़िया। दरवाज़ा खोलो न! आगे से ऐसी ग़लती नहीं होगी। सच में तुम्हारी क़सम खाकर कहता हूँ। चाहो तो मुझे मार लो लेकिन ऐसे ग़ुस्सा मत हो।" और मोहर सचमुच रोने लगे।

सुजाता ने भागकर दरवाज़ा खोला तो मोहर के गाल आँसुओ से तर हो रखे थे। वो इसके पहले शायद ही कभी इस तरह से रोए हों। बचपने का मुझे पता नहीं। या ये भी हो सकता है कि मोहर कभी कठोर इंसान न रहे हों। बस वो कभी ऐसी नाज़ुक परिस्थिति से होकर गुज़रे न हों। सुजाता ने उन्हें कस के गले से लगा लिया और वो मुस्कुराने लगी। इतराने लगी।

इस समय उसके चेहरे पर ममता का भाव था और वो मोहर के आँसू पोछ रही थी। सुजाता के हाथ लगाते ही वो और ज़ोर-से रोने लगे। पता

नहीं क्यों, लेकिन सुजाता ने उन्हें रोने दिया। शायद इसलिए क्योंकि इस वक़्त 'रोना' ये बताता था कि वो सुजाता को किस हद तक प्यार करते हैं।

"आपने मुझे किस नाम से बुलाया था?"

"हम्म।"

"हम्म... क्या? फिर से कहिए न।"

"नहीं।"

"फिर से कहिए न... बस एक बार।"

"नहीं...।" मोहर शरमा गए। सिर्फ़ शरमाए नहीं, बल्कि बेइंतिहा शरमा गए। वो तो भला हो भगत और साधू का जिन्होंने बेवक़्त फ़ोन करके मोहर सिंह को इस सिचुएशन से निकाल लिया। साधू की आवाज़ में एक अजीब-सा उत्साह था।

"अरे, दद्दा कहाँ रह गए हैं आप? हम लोग कब से आपका भेट कर रहे हैं इधर।"

"हम आज नहीं आ पाएँगे।" मोहर ने सुजाता की आँखों में देखते हुए कहा। जैसे वो ये बात सिर्फ़ सुजाता को सुनाते हुए कहना चाहते थे। सुजाता मुस्कुराई। या शायद अचानक मिले 'मान' से शरमाई भी। मोहर ने दोबारा दोहराया कि वो आज नहीं आ पाएँगे और उन्होंने फ़ोन रखकर सुजाता को कसकर गले लगा लिया।

"कल चले जाइएगा। बस आज हमारे पास रुक जाइए।" सुजाता ने कहा।

मोहर रुक गए और दोनों 'साथ निभाना साथिया' देखने लगे। उसके बाद 'वीरा- एक वीर की अरदास आया' और फिर 'दीया और बाती हम' इन सबके बाद शाम चार बजे हिंदी फ़ीचर फ़िल्म भी आई। दिन कुछ यूँ ही गुज़र गया जैसे गुज़ारने की ज़रूरत ही न पड़ी हो।

रात में सुजाता की बाँहों में सोते हुए मोहर ने तय किया कि वो अगली सुबह उठते ही अपनी बंदूक़ लेकर निकल जाएँगे। सुजाता का सोता हुआ चेहरा देखकर वो ये भी सोच रहे थे कि अगर वो ये सब ग़लीज़ काम बंद

कर दें, तो वो ऐसा क्या कर सकते हैं कि उनका घर भी चल जाए और वो सुजाता को बता भी सकें भी कि वो आख़िर क्या कारोबार करते हैं।

सुजाता जब सोती थी तो अक्सर ऐसे चेहरे बनाती थी जैसे छोटे बच्चे सोते-मचकते हुए बनाते हैं। मोहर ने ऐसा पहले कभी नहीं देखा था। या शायद देखा हो पर ग़ौर न फरमाने की वजह से उनसे क़ुदरत की ये नेमत 'नज़रअंदाज़' हो गई हो।

वो यही सोच रहे थे कि वो हर रात सोया ही न करें, ताकि वो सोती हुई सुजाता को घंटों निहार सकें। ख़ैर, सुजाता सो गई। और अगले दिन सुजाता के उठने से पहले ही मोहर, साधू और भगत को जीप पर बिठाकर सरकारी बैंक लूटने के लिए निकल पड़े।

साधू और भगत की उमंग का कोई ओर-छोर न था। वो जीप में बैठे इतने ख़ुश थे जैसे बच्चे अपने पिता जी के साथ मेला देखने जा रहे हों। ख़ुशी का आलम ये था कि वो इस बारे में सोच ही नहीं पा रहे थे कि वो बैंक लूटने जा रहे हैं। और उसपर तुर्रा ये कि उन्हें हवा भी नहीं थी कि बैंक लूटने का कार्यक्रम कैसे संपन्न होगा। तिसपर मोहर भी इतने आराम से बैठे हुए थे जैसे वो बैंक नहीं, बल्कि परचून की दुकान लूटने जा रहे हों।

साधू और भगत ने अंदाज़ा लगाया कि वो पंद्रह मिनट में बैंक पहुँचने ही वाले हैं। भगत ने साधू से इशारे से पूछना चाहा कि महराज प्लान क्या है? क्या हम जाते ही फ़ायर शुरू कर देंगे और पैसा लेकर भाग आएँगे? साधू ने गमछा उठाया और भगत को दिखाते हुए चेहरे पर बाँध लिया। गमछे से बस आँख और नाक ही झाँक सकते थे। भगत ने भी इशारा समझते हुए चेहरे को गमछे में अच्छे से पैक कर लिया।

साधू ज़ोर-ज़ोर-से हँसने लगा।

"काहे हँस रहा है बे?" भगत ने पूछा।

"हम दोनों जुड़वाँ लग रहे हैं।" साधू ने किसी तरह अपनी हँसी पर सेमी-कॉलन लगाते हुए जवाब दिया।

"तू गदहा है क्या बे?"

"इसमें गदहा वाली क्या बात हो गई? ठाकुर जी से पूछ ले। क्यों ठाकुर जी?" साधू ने मोहर सिंह से डरते-डरते पूछा।

मोहर सिंह ने जवाब नहीं दिया। वो अपने फ़ोन में उलझे नज़र आए। सुजाता उन्हें सुबह से कई बार कॉल कर चुकी थी लेकिन मोहर सिंह फ़ोन नहीं उठा रहे थे। वो इस सोच में उलझे हुए थे कि सुजाता किस बात को लेकर दुखी हो गई होगी। मोहर सिंह के हिसाब से सुजाता के नाराज़ होने की एक वजह यह हो सकती थी कि कल रात उसने दाल फुलाई हुए होगी जिससे वो सुबह-सुबह मोहर के लिए दाल की पकौड़ी छानती, लेकिन मोहर सिंह बिना पकौड़ी खाए ही आ गए।

एक वजह यह भी हो सकती थी कि आज उन्होंने सुजाता के हाथ की बनाई हुई चाय नहीं पी। और-तो-और आज जब सुजाता किचेन में चाय बना रही होगी तो उसे किचेन से बेडरूम तक वापस खींच लाने के लिए मोहर नहीं आए। सुजाता को सुबह-सुबह वाली वो आधे घंटे की दूसरी नींद, रातभर की नींद से ज़्यादा पसंद थी।

इसी क़वायद को उधेड़ते-खोलते-सुलझाते-बुनते मोहर सिंह दुखी हो रहे थे। मोहर सिंह को फ़ोन पर उलझा देख साधू और भगत को अंदेशा हो रहा था कि ठाकुर जी उनके साथ जीप में बैठे ज़रूर हैं लेकिन उनका दिलो-दिमाग़ अभी भी सुजाता की पाज़ेब के छोटे-छोटे घुँघरुओं में छनक रहा है। एक वो वक़्त भी था जब मोहर लूट पर निकलते तो रस्ते भर दुनाली के नथुनों से, आसपास से गुज़रते हर नर-मादा-जानवर-गाड़ी को तब तक घूरते रहते जब तक कि वो अपनी कल्पना में उसका शिकार न कर लें।

ऐसा कभी नहीं हुआ कि उन्होंने मौक़ा-ए-वारदात पर पहुँचने से पहले, रस्ते में इक्का-दुक्का पंछी न मार गिराए हों। ख़ैर, वो सरकारी बैंक पहुँच गए। जीप गेट पर रोकी गई।

"पहले गेट के सिपाही को लपेटना है। घुसते ही एक आदमी सिपाही को घपच देगा और दूसरा आदमी मैनेजर को धरेगा। और हम हॉल के

बीचोबीच खड़े रहेंगे ताकि कोई भी कस्टमर फैंटम बनने की कोशिश न करे। समझ आई बात?"

"जी सरकार।"

"साधू, मैनेजर तुम्हारे ज़िम्मे और भगत, सिपाही तुम्हारे हवाले।"

"मालिक बुरा न मानें तो हम मैनेजर को धर लें और साधू सिपाही को धर लेगा?" भगत ने डरते-डरते पूछा।

"काहे बे! वारदात चालू करने के पहले ही फटने लगी तुम्हारी?" मोहर ने इंक्वायरी की।

"नहीं मालिक, बात वो नहीं है। बस हमें मैनेजर बी.एन. सिंह को ही धरना है।"

"मालिक इसका फटता है। हम बता रहे हैं न! सिपाही के पास होगा बंदूक़ और मैनेजर होगा निहत्था, इसीलिए फट रहा है इसका।" साधू ने विरोध जताया।

"नहीं, हमारा फट नहीं रहा है। बी.एन. सिंह को इसलिए धरना है हमको क्योंकि वो हमारा अकाउंट खोलने से मना कर दिया था। कह रहा था कि गारंटर लेकर आओ। राशनकार्ड लेकर आओ। हइ लाओ, हउ लाओ। नहीं तो अकाउंट नहीं खुलेगा। हम तभी सोच लिए थे कि साला एक दिन इसी का अकाउंट खोलकर रहेंगे हम।"

"अबे ठीक है बे, जाओ तुम मैनेजर को धरो और साधू सिपाही को धरेगा।"

"हौ जी मालिक।" दोनों ने और ज़्यादा मुस्तैद होते हुए जवाब दिया।

"अगर दोनों में कोई भी कमज़ोर पड़ रहा होगा तो हम उसके फ्रंट पर सपोर्ट करेंगे और यदि ज़रूरत पड़ी तो फ़ायर कर देंगे।"

"एकदम ठीक।"

"तुम लोग ज़रा अंदर घुसकर कार्यवाही चालू करो हम एक फ़ोन करके आते हैं।"

"मालिक इस वक़्त फ़ोन?"

"हाँ, फ़ोन करके सुजाता को शांत कर दें। साला चौबीस बार फ़ोन बज चुका है और सत्रह ठो मैसेज पड़ा हुआ है। न जाने इसको मैसेज करना कौन सिखाया है।"

"लेकिन मालिक!"

"अबे दो मिनट ठंड रखो न जी! बोले न आ रहे हैं अभी। तुम दोनों तब तक अंदर जाकर सिपाही और मैनेजर को लपेटो। दोनों को बाँधकर हाल के बीच में डाल देना और हम उतनी देर में फ़ोन करके आ जाएँगे।"

साधू और भगत हुकुम बजाने के लिए अंगोछे की गाँठ कसकर अंदर जूझ पड़े और मोहर सिंह ने बाहर से शटर गिरा दिया।

भगत ने बी.एन. सिंह को पेला और साधू ने सिपाही को। बी.एन. सिंह बंदूक़ देखकर तो वैसे ही चिहुँक पड़ा और ख़ुद ही सरेंडर की मुद्रा में हाल के बीचोबीच घुटनों पर बैठ गया। सिपाही इतना बूढ़ा था कि फ़ायर करना उसके बस की बात नहीं थी। अगर वो बुढ़ापे पर विजय पाकर फ़ायर करने की सोचता भी, तो भी बंदूक़ ठाँए नहीं हो पाती क्योंकि उसकी बंदूक़ उससे भी अधिक बूढ़ी थी।

इधर मोहर ने कॉल करने से पहले मैसेज चेक किए। सत्रहों मैसेज सुजाता के थे। दो-एक मैसेज पढ़ते ही, मोहर का चेहरा, जो धूप और लू से अभी तक लाल नहीं हुआ था, घड़ी भर में लाल हो चला। और अगली ही घड़ी लाल से पीला हो गया। पहला मैसेज था : 'आज हमारा बर्थडे है, आपको इतना तक नहीं पता।' दूसरा मैसेज था : 'आप हमको बिना बताए कहाँ चले गए? अब हम आपसे कभी बात नहीं करेंगे।'

उसके बाद 'हम समझ गए हैं कि आप हमसें प्यार नहीं करते' से लेकर 'अगर आप एक घंटे में घर वापस नहीं आए तो हमारा मरा मुँह देखेंगे' तक हर एक मैसेज के अंत में दुःखी वाला स्माइली भी बना हुआ था। मोहर की आँखों के सामने सुजाता का, कल वाला रोता हुआ चेहरा कौंध गया।

जैसे-तैसे कड़े मन से दस मैसेज झेले, तो ग्यारवाँ मैसेज उनकी छाती

के पार नश्तर की तरह उतर गया। इसे बर्दाश्त कर पाना उनके बूते के बाहर था। सुजाता ने लिखा था : 'घर में दुनाली भी नहीं है! सच में आप कहीं चोर-डाकू तो नहीं है? हमारी सहेली सच कहती थी। आप सचमुच बुरे आदमी हैं। हम काहे शादी किए आपसे।'

मोहर सिंह को बहुत बुरा महसूस हुआ। अचानक ही उन्हें लगने लगा कि वो सचमुच बुरे आदमी हैं।

ये अपराधबोध, ये गिल्टी वाली फीलिंग, उन्हें पहले कभी नहीं हुई थी। तब भी नहीं जब उन्होंने हलकान सिंह के ढाबे पर, बैरे का सिर बीयर की बोतल से फोड़ दिया था। तब भी नहीं जब उन्होंने हलकान सिंह का ढाबा लूटकर पहली बार डकैती को अंजाम दिया था। और तब भी नहीं जब उन्होंने पहली बार एक सुनार की दुकान में घुसकर उसकी जाँघ पर गोली मार दी थी।

उधर भगत और साधू कार्यवाही के अगले स्टेप की जानकारी न होने की वजह से, मोहर के इंतज़ार में बी.एन. सिंह और सिपाही को धूने जा रहे थे और इधर मोहर रुँआसे होकर सुजाता को फ़ोन-पर-फ़ोन किए जा रहे थे। मोहर का गला इतना रुँध गया था कि अगर सुजाता फ़ोन उठा भी लेती तो उनसे 'हेलो' तक नहीं बोला जाता।

वो ख़ुद नहीं समझ पा रहे थे कि उन्हें इतना रोना क्यों आ रहा था और इसी वजह से वो जीप में छुपकर बैठे हुए थे क्योंकि यदि कोई उन्हें रोते हुए देख लेता तो वो किसी को मुँह दिखाने के क़ाबिल नहीं रहते। जब बार-बार फ़ोन करने पर भी सुजाता ने फ़ोन नहीं उठाया तो उन्हें किसी अनहोनी के डर ने आकर ज़ोर-से घपच लिया।

उन्होंने सुजाता का आख़िरी मैसेज दुबारा पढ़ा : 'अगर आप एक घंटे में घर वापस नहीं आए तो हमारा मरा मुँह देखेंगे।'

कहीं सचमुच सुजाता ने कुछ अनाप-शनाप तो नहीं कर लिया? जैसे एक दिन मोहर की माँ ने कर लिया था। मोहर ने जीप स्टार्ट की और तुरंत घर भागने को हुए तो उन्हें सुध आई कि अंदर भगत और साधू उनका

इंतज़ार कर रहे होंगे। जीप वापस बंद करके वो अंदर को दौड़ पड़े।

मोहर सिंह ने शटर उठाकर देखा तो भगत और साधू बी.एन. सिंह और सिपाही को मार-पीटकर थक चुके थे। बैंक में कुल जमा दस-बारह लोग रहे होंगे जो ज़मीन पर एक लाइन में बैठे हुए ये सोच रहे थे कि अँगोछा-धारी ये दोनों डकैत आख़िर चाहते क्या हैं? मोहर सिंह के इंतज़ार में भगत और साधू कुर्सी पर बैठे हुए थे।

साधू अपने नोकिया 1100 पर रिंगटोन बदल-बदलकर टाइमपास कर रहा था और भगत अपने मोबाइल पर 'स्नेक' खेल रहा था। यदि वो जल्दी आउट हो जाता था तो उसकी फ्रस्ट्रेशन बी.एन. सिंह के सर पर फोड़ देता था। दोनों बस इसी ख़ुशी में मगन थे कि आज बड़े दिनों बाद उन्हें दबंगई का मौक़ा मिला।

"ऐ साधू! चलो निकलो जल्दी से।"

"मालिक हम साधू नहीं भगत हैं। आप गमछे की वजह से पहचान नहीं पाए न!" भगत ने गमछे के अंदर से मुस्कुराते हुए कहा।

"अबे साले भगतवा, नाम काहे बता रहा है हमारा।" साधू ने गमछे के अंदर से चिल्लाते हुए कहा।

"अबे नाम जानके का उखाड़ लेंगे ये लोग। शकल पे तो हम लोग गमछा बाँधे हुए हैं।"

"हाँ, वो बात भी है।" साधू ने कहा। "बस मालिक आप ही का इंतज़ार कर रहे थे। बस आप अपने शुभ हाथों से तिजोरी खोल दीजिए और हम लोग सारा पैसा बैग में भरना शुरू करते हैं।"

"नहीं। तुरंत वापस चलो। यहाँ कोई डकैती-उकैती नहीं हो रहा है।"

"मालिक ये क्या कह रहे हैं आप?" भगत ने घिघियाते हुआ कहा।

"भगवान के लिए ऐसा न कहिए!" साधू ने रिरियाते हुए कहा।

"कह दिए न यहाँ कोई डकैती नहीं हो रहा है। इन दोनों को खोलो और तुरंत हमारे साथ जीप में बैठो, नहीं तो हम अकेले ही निकल रहे हैं।"

दोनों का इंतज़ार किए बिना मोहर वापस जीप स्टार्ट करने दौड़ पड़े।

ग़ुस्से में साधू और भगत ने जाते-जाते एक मिनट में बीस लातों की रफ़्तार से बी.एन. सिंह और सिपाही को फिर से तीन मिनट धुना और उन्हें खोले बिना वो भी जीप में सवार हो लिए। दस मिनट के भीतर, मोहर सिंह ने दोनों को नाके पर पटका और दनदनाते हुए अगले दो मिनट में अपने घर की और दौड़ पड़े। ज़ोर-से दरवाज़े को धक्का मारा तो दरवाज़ा पहले से ही खुला हुआ था। शायद सुजाता उनके आने का इंतज़ार कर रही होगी। इसी अधीरता में उसने दरवाज़ा खुला छोड़ दिया होगा। सुजाता सोफ़े पर सिकुड़कर बैठी हुई थी और रोते-रोते गठरी-सी बन गई थी। मोहर ने चैन की साँस ली। जैसे भी थी, सुजाता उनके सामने थी। मोहर सुकून से हाँफ रहे थे। क्योंकि उन्हें पता था कि वो सुजाता को जाकर प्यार से मना लेंगे। वो आसानी से नहीं मानेगी लेकिन आज वो चाहते भी नहीं थे कि सुजाता आसानी से मान जाए। वो चाहते थे कि सुजाता उनसे रातभर रूठी रहे। और वो उसे रातभर मनाते रहें।

पूरी रात मनाने की मशक़्क़त के बाद, जब वो मान बैठे तो मोहर की गोद में सुकून से सो जाए और मोहर उसके सोते-मचकते चेहरे को, तरह-तरह की शक्लें बनाते तब तक देखते रहें जब तक कि वो दुबारा ख़ुद न उठ जाए।

मोहर ये सोचकर मुस्कुराने लगे कि सुजाता जब सुबह उठ जाएगी और चाय बनाने के लिए किचन में चली जाएगी तो वो उसे किचन से वापस खींच लाएँगे। उसी आधे घंटे की नींद लेने के लिए, जो सुजाता को रातभर की नींद से कहीं अधिक पसंद थी। जब वो उसे कसकर पकड़कर बिस्तर पर खींच लेंगे तो सुजाता झूठ-मूठ कहेगी- "छोड़िए न, चाय उबल रही होगी।"

और मोहर हर बार की तरह, शरारत से, मुस्कुराते हुए कहेंगे- "अरे छोड़ो भी! इधर तुम्हारे विरह में हम उबल रहे हैं और तुमको चाय के उबलने की चिंता आन पड़ी है।" और फिर सुजाता उनकी गोद में आकर साधिकार बैठ जाएगी और कहेगी- "आप भी न, बड़े क्यूट हैं; क्यूट मोहर सिंह!"

बिन पूँछ के टैडपोल

माँ ने उसका नाम काजू रखा था। ये और बात है कि काजू ने काजू कभी देखे नहीं थे। सुने ज़रूर थे। भुने काजू। तले काजू। नमक लगे काजू। छिक्कल वाले काजू। पैकिट वाले काजू। शायद माँ को इसका अंदाज़ा रहा भी हो कि उसके बेटे की ज़िंदगी में काजू की हाज़िरी लगाने का एकमात्र तरीक़ा यही है कि वो उसका नाम ही काजू रख दे, इसलिए उसने भुक्कड़-सी दिल्लगी में अपने मखाने जैसे गुलगुल बेटे का नाम काजू रख दिया।

माँ काजू के पिता के इंतज़ार में रोटियाँ बेल रही थी और काजू किसी का इंतज़ार किए बग़ैर अपने क़ीमती पिटारे में रखे सामान से खेल रहा था। उसके सामान को खिलौना कहा जा सकता था। खिलौनों की लिस्ट बेतरतीब-सी चीजों से तैयार हुई थी। मसलन, उसमें काँच की शीशी थी। शीशी में तालाब का पानी था और पानी में तैरते मेंढक के टैडपोल थे। माचिस की डिब्बी थी। डिब्बी में दीवाली पर बचे तीन सीको पटाख़े थे और पटाख़े का गट्ठर बाँधने के लिए पीली गेटिस थी। शीशे का टूटा काँच था, काँच की चूड़ी थी और चूड़ी से झड़ी हुई रंग-बिरंगी किरकिरी भी थी। अनारदाना था। चूरन था। काजू नहीं था।

"माँ, बैंक में मेंढक के बच्चे जमा होते हैं?"

"हाँ, क्यों नहीं! बैंक वालों को यही एक चीज़ तो मिली है जमा करने को।" माँ ने मुस्कुराते हुए कहा।

"सीको का पटाका ?" काजू ने माँ की बात से ख़ुश होते हुए कहा।

"हाँ, वो भी। ये माचिस की डिब्बी भी जमा करते हैं। ये पीली गेटिस भी और काँच की टूटी चूड़ी भी। चूरन चटनी भी। पर ये सब जमा काहे करना है लल्ला ?" माँ ने फूली हुई रोटी में उँगली से चोंच मारते हुए पूछा।

"कल से मैं भी तो बाबा की तरह पैसा कमाने लगूँगा न! तो बैंक में पैसे के साथ-साथ अपने खिलौने भी जमा करा दूँगा। मेंढक के बच्चे जल्दी बड़े हो जाएँगे न! अगली दीवाली तक बैंक वाले पटाख़े का पूरा पैकिट वापस करेंगे फिर। चूड़ी दज़र्न भर वापस करेंगे तो तुम पहन लेना।" काजू ने फुदकते हुए कहा।

"ये तुमको बैंक के बारे में इतना कौन बताया काजू जी महराज ?"

"मजनूँ की दुकान पर टीवी पे आ रहा था। रोज़ तो आता रहता है।"

"लल्ला, फिर तो तुमको भी बैंक में जमा करवा दूँ। हमारे लिए दो लल्ला बनाकर दे देंगे वो ?" माँ ने फुदकते हुए काजू को रबर की गेंद की तरह बाँहो में लपकते हुए, शरारत से कहा।

माँ गुदगुदी कर रही थी, काजू गदगद हो रहा था। वो माँ की बाँहों से छूटकर भागने की उतनी ही कोशिश कर रहा था जितने में वो माँ से छूट भी न पाए और उसे गुदगुदी से पल भर को राहत भी मिल जाए। उसे पता था कि माँ के हाथों में ज़्यादा ताक़त नहीं है इसलिए वो छूटने को ज़ोर नहीं लगाता था। वो हँसता था तो माँ को बेहद सुकून मिलता था। वो पेंटर हो जाती थी और उसके चेहरे पर यहाँ-वहाँ मिक्की माउस वाली स्माइली पेंट कर देती थी। होंठ कानों तक खिलखिला आते थे और फिर थककर गोल हो जाते थे। माँ जादूगर हो जाती थी। काजू जादू हो जाता था। दो पल के लिए ऐसा लगता था कि काजू की नाभि खुशियों का बटन है। माँ उसपर उँगलियाँ फिराती थी तो खिलखिलाहटें खिल-जा-सिम-सिम हो जाती थीं।

"माँ... बस-बस।"

माँ ने काजू को छोड़ दिया और वो वापस रोटी फुलाने लगी। उसे रोटी काजू के पेट-सी लग रही थी। नरम। छुई-मुई। काजू खाए बिना ही सो गया। माँ ने शायद जगाया भी न हो क्योंकि काजू सोते हुए बेहद सुंदर लगता था और वो रात की नींद से अचानक उठा दिए जाने पर रुँआसा हो जाता था। काँच की बोतल में टैडपोल भी सो गए और तालाब का पानी भी। पानी शायद इसलिए सो गया था क्योंकि सोते हुए टैडपोल अंग्रेज़ी के 'कॉमा' जैसे लगते थे। पानी उनकी शक्ल को सच मान बैठा होगा और ठहर गया होगा।

सोते हुए टैडपोल धीरे-धीरे मेंढक में मेटामोर्फोज़ हो रहे थे और मेटामोर्फोसिस की इस प्रक्रिया में उनकी पूँछ ग़ायब हो रही थी। ये तो भला हुआ कि उनमें सोचने के लिए दिमाग़ नहीं था वर्ना वो एक सुबह उठते और अपनी पूँछ को नदारद पाते तो उनको बड़ी हैरानी होती। पता नहीं टैडपोल किस ख़याल में सोए थे पर काजू तो इस ख़याल में सोया था कि कल से जब वो चाय की दुकान पर नौकरी करने लगेगा तो उसको महीने का पंद्रह सौ रुपए मिलने लगेगा और वो माँ के लिए जूते ख़रीद सकेगा। माँ रोज़ाना काम से लौटती थी तो उसके पैर सूज़े हुए होते थे। काजू ज़िद करता था कि वो मुलायम वाले जूते ख़रीद ले लेकिन वो फ़िज़ूलख़र्ची नहीं करना चाहती थी।

बच्चे के पैर में जूते न हों तो माँओं को अपने पैर में चप्पल का होना भी फ़िज़ूलख़र्ची ही लगता है।

अगले दिन सुबह हुई तो माँ काजू के सिरहाने पर रात की बची रोटियाँ का डिब्बा रखकर काम के लिए निकल चुकी थी। काजू भी फटाफट तैयार होकर मजनूँ की दुकान पर पहुँच गया। वो जल्दी ज़रूर तैयार हुआ था लेकिन वो ठंडे पानी से नहाकर निकला था। उसने बालों में सरसों का तेल डाल कर कंघी भी फिराई थी। माँ कहती थी कि अच्छे बच्चे बीच से माँग नहीं निकालते, इसलिए उसने कंघी से एक तिहाई बालों को बाएँ कर दिया और दो तिहाई बालों को दाहिने।

काजू का अंदाज़ा था कि वो ठीक वक़्त से थोड़ा पहले ही मजनूँ की दुकान पर पहुँच गया होगा। मजनूँ भगौने में चाय खौला रहा था और चाय आसपास की हवा को खौला रही थी।

"आ गया। चल सीधे काम पे लग जा कजुआ। बाक़ी का बात बाद में समझाएगा।"

काजू आँखें गोल करके मजनूँ को ऐसे देख रहा था जैसे मछलियाँ एक्वेरियम के अंदर से देखा करती हैं।

"अरे बाबा, इतना मुश्किल नहीं है रे! कान खुला रखने का और हाथ मज़बूत रखने का। जो भी ग्राहक आवाज़ देगा उसके पास जाने का और ऑर्डर लेकर आने का। समोसा बोलेगा तो इधर रखा मिलेगा। नहीं है तो मैं छान रहा होगा। चाय माँगेगा तो इधर से भरा-भराया कप उठाने का और उधर दे के आने का। सिंपल!"

काजू ने काम समझकर हाँ के एवज़ में आँखें मिचकाईं। मछलियाँ आँखें नहीं मिचकातीं पर उनको कुछ समझ भी तो नहीं आता। अगले ही पल काजू हर जगह था। वहाँ जहाँ खाने के आइटम की कोई भी आवाज़ थी। वहाँ जहाँ समोसे छन रहे थे। वहाँ जहाँ चाय उबल रही थी। वहाँ जहाँ कोई बर्तन या गिलास ख़ाली हो रही थी। अगर इस वक़्त उसकी आँखों पर पट्टी भी बाँध दी जाती तो बस वो आवाज़ों को जोड़ता हुआ अपना काम पूरा कर देता। मजनूँ की आवाज़ को ग्राहक की आवाज़ से एक सरल रेखा में जोड़ देने से उसका काम पूरा हो जाता था।

"ऐ छोटू, दो कचौरी लेकर आ जल्दी।"

"लाया साहब।"

"ओये... हाफ़ पैंट, एक कड़क लाना।"

"हाँ साब।"

"अबे बहरे!"

"जी... जी साब।"

"अरे बेटा, ज़रा चटनी और देना।"

"हाँ, अभी लाया न साहब!" काजू मजनूँ की स्टाइल में जवाब देना सीख रहा था।

बात-की-बात पूरी कर देने से काम बेहद आसान हो गया। मजनूँ अपनी छोटी वाली आँख से काजू पर नज़र रख रहा था और बड़ी वाली आँख से चूल्हे पर। वो सिक्के की खनक से ज़्यादा नोट का कड़कना सुन सकता था। काजू हर बार पैसे-नोट लेकर चूल्हे के पास रखे गल्ले में डाल जा रहा था और मजनूँ को पूरा हिसाब दे जाता था। अगर चटनी लग जाने से नोट गंदा हो जाता था तो वो उसे बनियान से हल्का-सा पोंछकर गल्ले में डालता था। सिक्के आसानी से पोंछे जा सकते थे लेकिन नोट ज़रा क़रीने से पोंछना होता था।

वो पाँच का सिक्का सीधे बनियान में डालकर चमका देता था और दस का नोट झाड़ने के लिए वो उसे एक हाथ की हथेली पर रखकर, दूसरे हाथ की दो उँगलियों को बनियान से कवर करके पोंछ देता था।

मजनूँ काजू को देखकर मुस्कुराया।

"अच्छे-से झाड़ दिया न कजुआ! देख कहीं दस का नोट सौ का तो नहीं हो गया।"

काजू एकबारगी मजनूँ की बात को सच मान करके गल्ले में वापस हाथ डालने लगा और फिर अपनी ही बेवक़ूफ़ी पर हँसकर अगले ही पल आवाज़ों का पीछा करता हुआ ऑर्डर लेने दौड़ गया। वो बेहद ख़ुश था क्योंकि वो एक दिन में बड़ा हो गया था। वो बेहद ख़ुश इसलिए भी था क्योंकि अब वो कुछ दिन बाद माँ के लिए जूते ख़रीद सकता था। वो अपने पिता जैसा बन सकता था।

दिनभर काम के बाद शाम हुई या शायद सुबह।

माँ घर आई तो काजू शीशे के सामने खड़ा था। वो दोनों होठों को अंदर भींचकर ये देखने की कोशिश कर रहा था कि शायद उसे मूँछें आ रही हैं।

उसने पिता जी का दाढ़ी बनाने वाला डिब्बा निकाला और होशियारी से ब्रश पर शेविंग क्रीम डाला। पिता की नक़ल करते हुए उसने सावधानी से क्रीम चेहरे पर लगाकर ब्रश से झाग बनाया। उसे पहले-पहल गुदगुदी-सी महसूस हुई लेकिन छह-आठ बार रगड़ा मारने पर गुदगुदी बंद हो गई। हाँ, रोमांच अब ज़रूर होने लगा था। बिना ब्लेड लगाए रेज़र गालों पर फिराया तो चेहरे पर से झाग उतरना शुरू हो गया।

जहाँ झाग था, वहाँ काजू नहीं था, उसके पिता थे। जहाँ झाग उतर चुका था वहाँ-वहाँ काजू था। (क्या इसका उल्टा होना चाहिए?) ये उसके लिए अब तक का सबसे नया खेल था। दाढ़ी बनाकर अक्सर बच्चे कैसे अपने पिता जैसा महसूस करने लगते हैं, ये भी उसने आज ही जाना था।

"अरे रे, बाबा ये लड़का क्या कर रहा है?" माँ ज़ोर-से चिल्लाई।

काजू चोरी पकड़े जाने पर डरा नहीं। उसने एक बार माँ को पलटकर देखा और वापस आईने में देखने लगा।

"अरे अब मेरे भी दाढ़ी-मूँछ आने लगी है। इसीलिए तो बना रहा हूँ। इसमें इतना हल्ला करने की क्या बात है!"

"कट जाएगा। पागल हो गया है क्या। अरे छोड़ जल्दी से। ब्लेड नीचे रखता है कि नहीं?"

"अरे, इसमें ब्लेड तो लगाया ही नहीं है! तुम भी न! कुछ पता तो है नहीं तुमको। ये हम आदमी लोग का काम है। तुमको समझ नहीं आएगा।"

"अभी बताते हैं तुमको काजू जी महराज!" माँ ने काजू को पकड़कर आँचल में दबा लिया और वो उसे ग़ुसलख़ाने से उठाकर सीधे खटिया पर ले आई और वो जबरन अपने आँचल से उसका चेहरा साफ़ करने लगी।

"माँ क्या कर रही हो! अरे मैं सच कह रहा हूँ मुझे मूँछ आने लगी है। देखो तुमको भी दिखाई देगी।"

"हाँ, ख़ूब दिखाई दे रही है हमको तुम्हारी मूँछ। देखो कान तक पहुँच गई है। अब चुपचाप मुँह धोकर आओ, नहीं तो चोटी बना देंगे तुम्हारी मूँछ

की और रबड़ लगा देंगे।"

"अब मैं बच्चा नहीं रह गया। जो भी बाहर जाकर पैसा कमाने लगता है वो बच्चा नहीं रहता। मजनूँ ने हमको आज काम करने का बीस रुपया दिया है, ये देखो।"

"अरे तुमको आज पहले ही दिन पैसा मिल गया काजू जी महराज!"

"हाँ।" मजनूँ ने कहा कि आज पहला दिन है और तुम बहुत बढ़िया काम किए। इसलिए नकद बीस रुपया दे रहे हैं। उसके बाद महीने-महीने ही मिलेगा। लेकिन समझ लो यदि गिलास तोड़ोगे तो एक गिलास का पाँच रुपए मैं काट लेगा। अगर एक भी गिलास नहीं तोड़ा तो महीना के आख़िर में पाँच रुपया इनाम भी।"

"हम्म! तभी पाँच रुपया का बाज़ार से मूँछ ख़रीद लाए हो तुम।" माँ ने मुस्कुराते हुए पूछा।

"पाँच रुपया का?"

"और नहीं तो क्या। मजनूँ ने तुमको बीस रुपया दिया लेकिन तुम्हारी मुट्ठी में तो पंद्रह रुपया है। अब तुम उसका समोसा तो खाए नहीं होगे। मूँछ ही ख़रीदे होगे।" माँ ने काजू को गुदगुदाते हुए कहा।

"नहीं माँ, समोसा ही खाए हैं। सच्ची। छोड़ो। माँ गुदगुदी मत करो न। सच्ची समोसा ही खाए हैं।"

"अरे, तब फिर चेहरे पर ये सौ ग्राम मूँछ कहाँ से आ गई है जी, हैं?"

"अरे नहीं है मूँछ। छोड़ दो न। अच्छा अब कभी दाढ़ी नहीं बनाएँगे। छोड़ दो। सच में समोसा ही खाए थे।"

माँ काजू को छोड़ना नहीं चाहती थी। वो उसे लगातार हँसते देखना चाहती थी। अगर उसका बस चलता तो वो उसे रोज़ नियम से गुदगुदा देती। वजह, बिला-वजह। ख़ासकर तब जब वो उसके पसंद का खाना नहीं बना पाती थी। तब जबकि वो उसे भरपेट नहीं खिला पाती थी। तब जब वो उसकी ज़िद पूरी नहीं कर पाती थी। तब जब वो सिर्फ़ टैडपोलों

से दिल बहलाता था क्योंकि माँ उसे और खिलौने नहीं दिला सकती थी।

माँ खाना बनाने लगी और काजू अपने खिलौनों से खेलने लगा। टैडपोल थोड़े और बड़े हो चुके थे। उसने अंदाज़ा लगाया कि अब उन्हें एक बड़े मर्तबान में डाल देना चाहिए। छोटी शीशी में यहाँ-वहाँ तैरने पर उनकी पूँछ लड़ रही थी। वो अब 'कॉमा' से फूलकर अंग्रेज़ी के 'क्यू' जैसा हो गए थे। उसने माँ से अचार का मर्तबान माँगा। माँ ने थोड़ी ना-नुकुर के बाद एक मर्तबान धोकर साफ़ कर दिया। काजू ने उसपर कॉपी-किताब वाला स्टीकर भी लगा दिया।

नाम : मेढक

कक्षा : तालाब

विषय : काजू

वो हमेशा चाहता था कि वो ऐसा स्टीकर अपनी कॉपी किताबों पर लगाए लेकिन उसने पिछले ती सालों से स्कूल जाना छोड़ दिया था। वो जिन स्कूलों में पढ़ने जा सकता था वहाँ अधिकतर माठ साब नहीं होते थे। आधे से ज़्यादा कमरों में सीमेंट-बालू-दलहन भरा होता था। हालाँकि फिर भी उसे स्कूल जाना बुरा नहीं लगता था। लेकिन जब मिड-डे-मील खाने से उसके चार दोस्त मर गए तो माँ ने डरकर उसे स्कूल से निकाल लिया।

काजू हर उस चीज़ पर स्टीकर के पत्ते से एक चिट निकालकर लगा देता था जो उसे पसंद होती थी। विषय का नाम हमेशा काजू लिखा जाता था और नाम-कक्षा अपने हिसाब से। कभी-कभी जब उसे माँ पर बेहद प्यार आ रहा होता तो उसकी इच्छा होती कि वो एक चिट माँ के माथे पर भी लगा दे।

नाम : काजू की माँ

कक्षा : काजू की माँ

विषय : काजू की माँ

रोटियाँ बेलते-फुलाते माँ महसूस कर पा रही थी कि काजू बड़ा हो रहा था। हालाँकि वो काजू को इस तरह से बड़े होते नहीं देखना चाहती

थी। वो काजू को हँसते-खेलते बड़ा होना देखना चाहती थी। दोस्तों के साथ लड़ते-खेलते। टैडपोल पालते। वो नहीं चाहती थी कि वो अपने पिता की तरह कमाना सीखते-सीखते अपने पिता जैसा हो जाए। लेकिन काजू यही चाहता था कि वो अपने पिता जैसा हो जाए। ये अलग बात है कि वो अपने पिता जैसा सिर्फ़ इसलिए हो जाना चाहता था जिससे कि वो अपनी माँ के लिए जूते ख़रीद सके। और वो सबकुछ जो माँ के लिए पिता नहीं ख़रीद पाते। वो सब जो कि ग़ैरज़रूरी था। काजू उसे माँ के लिए ज़रूरी कर देना चाहता था।

लाल रंग की लिपिस्टिक। बालों के लिए पीले रंग की फूलदार बंधनी। लाल रंग की कसीदे वाली चुन्नी। हर वो चीज़ जो चमकती थी जो चटख़ रंगों से बनी थी। हर वो चीज़ जो या तो उसके पिता टाल जाते थे या फिर उसकी माँ ख़ुद ज़िद करके टलवा देती थी। दस दिन से भी कम समय में काजू अपने काम में पक्का हो गया था। वो मजनूँ का ख़ासम-ख़ास मुलाज़िम हो गया था, क्योंकि वो अपने काम में ग़लती नहीं करता था। उसने न ही कोई गिलास तोड़ा और न ही हिसाब में कभी कोई गड़बड़ की। वो उँगलियों पर गिन सकता था कि महीना पूरा होना में कितने दिन बचे हैं। दिन घट रहे थे- चौबीस दिन, तेईस दिन, बाईस दिन, इक्कीस दिन, बीस दिन। महीना ख़त्म होने में बीस दिन बाक़ी थे और काजू अपने काम में पहले दिन जैसा मुस्तैद था।

"अरे, साहब लोग आए हैं। काजू दौड़ ज़रा जल्दी।"

काजू ने देखा तो खाकी वर्दियाँ और खादी के कुर्ते-सदरियाँ आए हुए थे। एक पुलिसिया जीप भी थी जिसने सायरन वाली बत्ती टोपी की तरह पहन रखी थी।

"हौ साहेब! क्या माँगता है। चाय-समोसा-छोला, लस्सी-छाछ, कचौड़ी-चटनी?" काजू ने मजनूँ की नक़ल करते हुए ग्राहक से कहा।

"कब से काम कर रहा है यहाँ पर?" खाकी वर्दी ने पूछा।

"महीना पूरा होने में बीस दिन कम साहेब। बीस दिन में महीना पूरा

हो जाएगा।" काजू ने दो बार 'महीना' पर ज़ोर देते हुए कहा। हालाँकि वो सीधे-सीधे दस दिन भी कह सकता था। लेकिन ऐसा कहने से उसे याद रहता था कि उसकी पहली तनख़्वाह आने में कितने दिन बाक़ी हैं।

"और कितने छोटू काम करते हैं यहाँ पर ?" खादी के कुर्ते में से एक महिला ने दुलार से पूछा।

"जी ?"

"और कितने बच्चे हैं यहाँ काम पर। तुम्हारी उम्र के छोटे बच्चे ?"

"मैं हूँ; महमूद है, छुट्टन और उसका छोटा भाई।"

"क्या नाम है उसके छोटे भाई का ?" दूसरी खाकी वर्दी ने नोट करते हुए पूछा।

"नाम नहीं है उसका।"

"नाम नहीं है या मालूम नहीं है ?"

"होएगा, लेकिन वो लूला है।"

"तो ?"

"इसलिए लूला बुलाते हैं उसको।"

"तुम सब स्कूल नहीं जाते ?" खादी के कुर्ते ने पूछा।

"इस्कूल काहे को जाएँगे ?" काजू ने गोल-गोल आँखों से पूछा।

"तुम कितने साल का है ?"

"होएगा दस साल का... या नौ साल का।" काजू ने सुधार करते हुए कहा,

"माँ को सही पता होगा। शाम को घर जाऊँगा तो उससे पूछकर बताऊँगा साहेब। अगली बार जब चाय पीने आओगे।"

"बाक़ी सारा लड़का लोग कितने साल का है। स्कूल जाता है ?"

"इस्कूल नहीं जाता। सब मेरे बराबर का होएगा। क्या लाऊँ साहब, वो बताओ।" काजू ने थोड़ा डरते-परेशान होते हुए कहा।

"अरे बंद कराओ रे ये दुकान।" खाकी वर्दी ने चीख़ते हुए कहा।

जब तक काजू कुछ समझ पाता, मजनूँ की दुकान बंद कराए जाने का

सिलसिला शुरू हो चुका था। काजू डर गया क्योंकि वो ये नहीं समझ पा रहा था कि दुकान आख़िर क्यों बंद कराई जा रही है। वो स्कूल नहीं जाता इसलिए या फिर वो नौ साल का है इसलिए। या फिर उसने कोई गड़बड़ कर दी इसलिए? मजनूँ खाकी वर्दी से गिड़गिड़ा रहा था कि वो कल से सारे बच्चा लोग को काम पर से निकाल देगा और सिर्फ़ जवान आदमी को ही काम पर रखेगा। खाकी वर्दी कड़क आवाज़ में कह रही थी कि एनजीओ वालों की शिकायत है उन्होंने पहले भी दो बार साफ़-साफ़ शब्दों में मजनूँ को समझाया था कि चौदह साल से कम उम्र के बच्चों को काम पर नहीं रखने का है। फिर भी वो उनकी चेतावनी को अनसुना कर रहा है।

"साहब कुछ देख सुन लो न, कुछ तो देखना-सुनना बनता है न साहेब!" मजनूँ ने कहा।

"तू साला मेरे को क्या दिखाएगा-सुनाएगा बे। साला चाय वाला होकर सेठ की ज़ुबान बोलता है?" साहेब ने कहा।

"साहेब पहले चाय तो पी लो न। फिर बात करते हैं।"

साहेब चाय पीने लगे। चाय की पहली चुस्की गले से उतरते ही देखने-सुनने की मशक़्क़त शुरू हो गई। मजनूँ दिखा रहा था, साहेब देख रहे थे। बीच-बीच में मजनूँ सुनाता था और साहब सुनते भी थे। काजू टीन शेड में बैठा ज़ोर-ज़ोर से रो रहा था। खादी का एक कुर्ता ममता से उसकी और बढ़ा और उसने काजू को गोद में बिठा लिया।

"कितने क्यूट हो तुम?" काजू रोने लगा।

"तुम दुकान पर काम क्यों करते हो। स्कूल जाया करो बेटे।"

काजू ने जवाब में कुछ नहीं कहा।

"अगर अभी स्कूल नहीं जाओगे तो हमेशा ऐसे चाय की दुकान पर छोटी-मोटी मज़दूरी करते रहोगे। अगर स्कूल जाओगे तो कल को बहुत बड़े आदमी बनोगे। ये तुम्हारी भलाई के लिए है।"

काजू और अधिक रोने लगा।

"तुम्हें मालूम है! हमारे प्रधानमंत्री जी भी पहले चायवाले थे। लेकिन

अगर वो सिर्फ़ चाय की दुकान पर ही काम करते रहते तो आज देश के प्रधानमंत्री नहीं होते। क्या तुम भी उनके जैसा नहीं बनना चाहोगे?"

"जू... ते... जू... ते।" काजू ने ब-मुश्किल रोने के बीच में 'ज' और उसमें बड़े 'ऊ' की मात्रा लगाकर 'जू' भरा। हिम्मत करके रुँधे गले से 'त' को धक्का मारकर उसमें 'ए' लगाया। पता नहीं एनजीओ ने कितना समझा। कितना नहीं।

खाकी वर्दी और मजनूँ के बीच देखने-सुनाने की कशमकश आख़िरकार मुकम्मल हुई और ये तय हुआ कि चारों बच्चों को महीने भर की तनख़्वाह देकर रफ़ा-दफ़ा किया जाएगा और मजनूँ दुबारा कभी चौदह साल की उमर से कम के बच्चे को काम पर नहीं रखेगा। देखने-सुनाने में कुछ हज़ार-दो-हज़ार लगे भी।

"ऐ लड़के! इधर आओ ज़रा।" खाकी वर्दी ने ज़ोरदार आवाज़ में काजू को बुलाया।

काजू ने आवाज़ का पीछा नहीं किया। वो डर गया और खादी के कुर्ते की गोद से कूदकर भागा। तब तक, जब तक कि वो दुकान से ओझल नहीं हो गया।

"अरे बेटा सुनो तो... अपने पैसे तो लेकर जाओ।" एनजीओ ने ममता भरी आवाज़ में पुकारा। आवाज़ ने काजू का पीछा किया पर वो शायद उस तक पहुँच नहीं पाई।

काजू और दौड़ा। दुकान से और दूर जाने के लिए। घर पहुँचकर काजू माँ की बाँहों में छिपकर फूट-फूटकर रोया। माँ ने उसे समझाया कि सब ठीक हो जाएगा। उसे नौकरी करने की ज़रूरत ही क्या है? माँ ने उसे पुचकार कर ये समझाया कि कुछ भी तो नहीं हुआ है और उसे कौन से जूते की ज़रूरत है। जूता-वूता फ़िज़ूलख़र्ची है, चप्पल काफ़ी है।

काजू अचार का मर्तबान पकड़कर, माँ की गोद में रोता रहा, लेटा रहा। उसने ध्यान से देखा तो टैडपोलों की पूँछ लगभग ग़ायब हो चुकी थी और उनके हाथ-पैर निकल रहे थे। वो हैरान-परेशान यहाँ-वहाँ पैर

मारकर तैरते हुए सोच रहे थे कि उनकी पूँछ आख़िर कौन चुरा ले गया। वो ज़्यादा हैरान इस बात से थे कि वो बची-खुची पूँछ से तैरें या फिर ताज़े-ताज़े पैरों से।

"सो जा बेटा।" माँ ने कहा।

"वो पुलिस वाले का जूता कितना बढ़िया था। सड़क पर कैसे टक-टक की आवाज़ करता था।" काजू ने दुःखी मन से कहा।

कैनवस के जूते और रातरानी के फूल

चाँद
हर सहर
सूरज निकलने से
न बुझा
बुझा तो
इस गाँव में
बिजली के आने से।

बाहर चाँद था। अंदर उसकी बुढ़िया थी। चाँद इस वक़्त आसमान में इस तरह टँगा हुआ था जैसे किसी बड़ी-सी आर्ट गैलरी में नुमाइश के लिए कोई ख़ूबसूरत-सा अक्स्ट्रैक्ट आर्टपीस टाँग दिया गया हो, जो हर किसी के लिए अलग-अलग मतलब और मौसीक़ी रखता हो। लेकिन आर्टपीस इस बात से पूरी तरह बेख़बर हो कि नुमाइश में आने वालों के लिए वो क्या मायने रखता है।

बूढ़ा बुढ़िया के मायने तो समझता था, लेकिन चाँद के मायने नहीं समझता था।

अगर कोई उससे बुढ़िया के मायने पूछता था तो वो एक शब्द में बता देता कि बुढ़िया कछुआ है। कछुआ इसलिए क्योंकि बुढ़िया ज़्यादातर दुनिया की तरफ़ पीठ करके ही खड़ी होती थी और ज़्यादा उलझन होने पर अपने आप में घुसकर ज़ब्त हो जाती थी। वो या तो अकेले में बूढ़े के सामने निकल आती थी या फिर स्कूल के बच्चों के सामने। बुढ़िया का वो हिस्सा, जो दुनिया की ओर नहीं था, बेहद मुलायम था।

चाँद के मायने पूछे जाने पर बूढ़ा दुविधा में पड़ जाता और बुढ़िया की तरह अपने आपमें मुंडी घुसाकर छुप जाने की कोशिश करने लगता। क्योंकि ज़्यादातर लोग उसकी नज़र और समझ पर हँस देते। उसके हिसाब से, चाँद सफ़ेद कपड़े का छोटा-सा पैबंद था, जिसे काले तंबू का छेद छुपाने के लिए, तंबू के फटे हिस्से पर, रफ़ू की तरह टाँक दिया गया था।

"सुनो।" बुढ़िया ने कहा।

"हम्म ?" बूढ़े ने पूछा।

"अगर हम कल से स्कूल नहीं जाएँगे तब दिनभर घर में बैठे-बैठे क्या करेंगे ?"

बूढ़े ने जवाब नहीं दिया। बुढ़िया का सवाल सुनकर वो अचानक दुखी हो गया। उसे ऐसा लगने लगा कि चाँद पीतल का गोल तवा है, जिसे घंटे की तरह वो स्कूल में हर क्लास ख़त्म होने के बाद बजाता था। छुट्टी का बड़ा-घंटा बजने पर बच्चे अपनी-अपनी क्लास से ऐसे निकल आते थे जैसे इस वक़्त आसमान से तारे निकल आए थे।

छुट्टी होने पर ख़ुशी से बच्चों के चेहरे, इतनी शिद्दत से टिमटिमाने लगते कैनवस के जूते और थे कि बूढ़े का चेहरा चमककर चाँद हो जाता था। बूढ़ा और उसकी बुढ़िया पिछले बाईस सालों से अपने घर के पास वाले स्कूल में मुलाज़िम थे। बूढ़े का काम था घंटा बजाना और बुढ़िया का काम था बच्चों को स्टील की गिलसिया से पानी पिलाना। यूँ तो बूढ़ा कोई और काम नहीं करता था लेकिन बुढ़िया छुप-छुपाकर, ऐसे तमाम काम

कर दिया करती थी जो उसकी नौकरी का हिस्सा नहीं थे।

जैसे जब कोई बच्चा पानी माँगने आता था और बुढ़िया उसके जूते के फ़ीते खुले देखती तो वो प्यार से उन्हें बाँध देती थी।

वो उन्हें इतने सलीक़े से बाँधती थी कि फ़ीते से फूल का आकार बन जाता था। एक गोलमटोल बच्चा जो तीसरी क्लास में पढ़ता था, वो उसे रातरानी का फूल कहता था। रातरानी इसलिए क्योंकि वो कैनवस का सफ़ेद जूता पहनता था। एक प्यारी-सी बच्ची जो दूसरी क्लास में पढ़ती थी, उसे चंपा का फूल कहती थी। चंपा इसलिए क्योंकि उसके कैनवस के सफ़ेद जूते पर, यहाँ-वहाँ, पीले रंग की छींटें थीं।

फ़ीते बँधवा के जब मुट्ठी भर बच्चे वापस लौट रहे होते तो ऐसा मालूम होता था जैसे एक प्यारी-सी फुलवारी उछलते-कूदते चली आ रही हो।

यदि कोई बच्चा अपने टिफ़िन का ढक्कन नहीं खोल पा रहा होता तो वो बुढ़िया से खुलवाने आ जाता था। बुढ़िया पहले तो अपने आँचल से पोंछकर डिब्बे की चिकनाई ख़त्म करती फिर मुट्ठी से ढक्कन के किनारे की तरफ़ हल्का-सा धक्का मारकर डिब्बा खोल देती थी। एक बच्चा जिसका नाम पुपुल था, पहले तो डिब्बे में झाँककर ये देखता था कि आज उसकी माँ ने खाने के लिए क्या भेजा है। फिर बुढ़िया के चेहरे में झाँककर देखता था कि उसके चेहरे पर कौन-सा भाव है।

पुपुल का चेहरा बुढ़िया के चेहरे से सी-सॉ खेलता था। मैगी भेजे जाने पर बुढ़िया शरारत से हँसती थी क्योंकि उसे पता था कि पुपुल को मैगी बहुत पसंद है और आलू-मेथी भेजे जाने पर बुढ़िया सहानुभूति जताती थी। जवाब में पुपुल जीभ निकालकर, अपना गला पकड़कर, उल्टी करने की आवाज़ निकालता तो बुढ़िया को सच में उबकाई आने लगती थी।

पूरी उम्र स्कूल में काम करते हुए बुढ़िया ने समझ लिया था कि बच्चों को स्कूल में किस-किस चीज़ की ज़रूरत पड़ सकती है। या ये कह लें कि उसने हर वो ज़रिया खोज निकाला था जो उसे किसी बच्चे से जोड़

सकता था। जैसे उसके आँचल में सुई-धागे और नेल-कटर से लेकर पेंसिल छीलने का ब्लेड भी हुआ करता था। खेलते-कूदते यदि किसी की शर्ट का बटन टूट जाए तो असेंबली में नाख़ून, जूते और ड्रेस की जाँच के वक़्त, पिटाई होने का डर रहता था। इसलिए बुढ़िया इंटरवल में फटाफट टूटे बटन टाँक देती थी। वो ख़ुद ही पानी पिलाते वक़्त ज़बरदस्ती बच्चों के नाख़ून भी देख लिया करती थी।

जब पी.टी. के मास्टर को इस बात का पता चला तो उसने बुढ़िया की उमर और बच्चों के कच्चे कानों का लिहाज़ किए बिना उसे खरी-कसैली गालियाँ सुना दीं और ज़बरदस्ती बुढ़िया के आँचल की गाँठ खुलवाकर उसकी दुलार भीगी पूँजी फिंकवा दी गई। हालाँकि बुढ़िया ने, अगले ही दिन सारा ज़रूरी सामान फिर से इकठ्ठा कर लिया और उसे मटके के पीछे, दीवार की तरफ़, लुकाकर रखना शुरू कर दिया।

बूढ़ा उसे लाख समझाता था कि ये सब काम छुपा के किया करे। लेकिन जो थोड़ी बहुत चालाकी उसने जवानी में सीखी थी, वो बुढ़ापा चढ़ते-चढ़ते दिमाग़ से उतर गई थी। हालाँकि बूढ़ा बुढ़िया को सावधान रहने की हिदायतें देता था लेकिन इसका मतलब यह नहीं है कि वो अपना छोटा-सा काम मुस्तैदी से कर ले जाता था।

ले-देकर उसके पास एक ही काम था—घंटा बजाना।

बूढ़ा हर आधे घंटे बाद, पीतल के भारी-भरकम घंटे को, एक बार ज़ोर-से बजाता था—टन्न...। आवाज़ का ज़ोरदार होना ज़रूरी होता, ताकि स्कूल के हर कोने में उसे सुना जा सके। एक वो वक़्त था जब उसकी हाथों में जान हुआ करती थी। घंटे की आवाज़ कानों में सट से घुसकर ऐसे बिला जाती थी कि ज़रा-सा खुजाने का मन होता था। और एक आज का वक़्त है जब आवाज़ मेन बिल्डिंग के आगे की क्लासेज़ तक ही रह जाती है। बारिश के उन बादलों की तरह, जो उठें तो ज़ोर-से, लेकिन पहाड़ के एक छोर पर बरस के हवा हो जाएँ। पीछे के प्रिमाइसेज़ में छठवीं से बारहवीं क्लास के लड़के पढ़ते थे। वो अक्सर शिकायत करते

थे कि बुड्ढे की वजह से कुछ ऐसी क्लासेज़ लंबी हो जाती थीं जिनका वक़्त पर ख़त्म होना बहुत ज़रूरी हुआ करता था। एक बार 'नाइंथ-सी' की गणित की क्लास चार मिनट लंबी हो गई और कुछ ऐसे लड़के नप गए जो उस दिन घर से सवाल बनाकर नहीं लाए थे। चार मिनट के अंदर महेश मिश्रा ने सत्रह शिकार किए थे। चार मुर्ग़े और पाँच हवाई जहाज़, अदद।

एक क्लास के दस मिनट अतिरिक्त खिंच जाने का मतलब होता था, अगली क्लास का छोटा हो जाना। और अगर कभी वो क्लास खेलों की होती थी तो पूरी-की-पूरी क्लास का ग़ुस्सा उसके सर ही फूटता था। बूढ़ा 'ट्वेल्थ-बी' के लड़कों से बहुत डरता था। चेहरे पर नई-नई दाढ़ी-मूँछ आने की वजह से वो चिड़चिड़े भी थे और ग़ुस्सैल भी।

वो गर्म मिज़ाज के थे और रात ठंडे मिज़ाज की।

"क्या बिजली घंटी बजाने के लिए किसी आदमी की ज़रूरत नहीं होगी?"

बुढ़िया ने बच्चों के से उत्साह से पूछा। जिसका बूढ़े ने कोई जवाब नहीं दिया। वो अभी तक खिड़की के बाहर कुछ देख-ढूँढ़ रहा था।

"प्रिंसिपल साहब से बात करके देखो न! कल से स्कूल नहीं जाएँगे तो सबकुछ कितना सूना हो जाएगा। इतनी-सी बात पर कोई निकाल देता है भला!"

"अच्छा, अगर ऐसा हो कि हम उनसे कहें कि हम कुछ महीना स्कूल में काम करने का पैसा नहीं माँगेंगे और अब घंटा बजाने में एक भी दिन ग़लती नहीं होगी। तुम भी थोड़ा ध्यान रखना कि घड़ी देखकर हर आधे घंटे बाद ज़ोर-से घंटा बजा दिया करना।"

"अरे बुढ़िया! क्या तुमको सच में ऐसा लगता है कि महीने के तीन सौ रुपए बचाने के लिए वो मुझे काम से निकालने का विचार बदल देंगे?"

"हम्म... राम भरे चाभी जितना, उतना चले खिलौना।"

"आदमी मशीन से जितना खाता है, उससे ज़्यादा मशीनें आदमियों को खा जाती हैं। अलमारी से तेल उठा ला। तेरे जोड़ों में लगा देता हूँ।"

"अच्छा, तुम कलाई घड़ी ख़रीद लो। उससे ताके रहा करना और ठीक टाइम पर घंटा बजा दिया करना।"

"काहे हैरान हो रही है बुढ़िया। जा तेल लेकर आ। जोड़ पिराने लगेंगे तेरे।"

बूढ़े ने खिड़की बंद करते हुए कहा। फिर कुछ सोचते हुए उसने खिड़की चार-छह अंगुल खुली छोड़ दी।

बाहर झींगुर जाने किसकी पाज़ेब चुरा लाया था, जिसे बजा-बजाकर वो झिंगुराइन को ललचा रहा था। झिंगुराइन के पैरों के हिसाब से पाज़ेब थोड़ी बड़ी थी। खिड़की जितनी खुली हुई थी, उतने से कुछ-कुछ आवाज़ें, झुककर-सरककर अंदर आ-जा रही थीं। कहने को तो खिड़की के पल्लों के बीच दरार पतली ही थी लेकिन उससे झींगुर की दुबली-पतली-छोटी आवाज़ भी आ सकती थी और सड़क पर चलते ट्रकों की मोटी और लंबी आवाज़ भी आ सकती थी। आवाज़ खिड़की खटखटाकर नहीं आती थी। साधिकार चली आती थी। बूढ़ा पूरी हथेली पर तेल मलकर, हथेली की गद्दी से बुढ़िया के घुटने की मालिश कर रहा था। उसके खुरदुरे हाथ की लकीरें काफ़ी गहरी थीं। कुछ तेल तो लकीरें सोख जाती थीं और कुछ हथेलियों का खुरदुरापन। मालिश से बुढ़िया को आराम मिला और वो कछुए की तरह अपने आपसे बाहर निकल आई। उसके चेहरे के भाव, जो अभी तक ज़ब्त थे, वो भी बाहर निकल आए। कुछ भाव उसकी झुर्रियों में बिला गए और कुछ उसकी उमर में। बूढ़ा और बुढ़िया के बच्चे नहीं हुए थे इसलिए उन्होंने अपनी सारी ज़िंदगी स्कूल के बच्चों के सहारे ख़ुशी-ख़ुशी गुज़ार दी। उन्हें इस बात का एहसास ज़्यादा नहीं होता था कि स्कूल में पढ़ते-खेलते बच्चों में से कोई भी बच्चा उनके घर नहीं लौटता। वो बूढ़े-बुढ़िया की ज़िंदगी में ऐसे आते थे जैसे घर की छतों पर परिंदे। पुराने छज्जे गुलज़ार करके परिंदे, रोज़ शाम अपने-अपने घोंसलों में लौट जाते थे। उनके लौट जाने के बाद भी छज्जों पर परिंदों की चहचहाहट कुछ अतिरिक्त देर के लिए ज़रूर रह जाती थी। पुराने घरों के छज्जे गूँजते

ज़्यादा हैं।

"बस अब तेल मत लगाओ। तेल कब का ख़त्म हो गया..."

"कुछ सोच रहे हो क्या?"

"हम्म...।"

"बच्चों के बारे में?"

"हाँ।"

"मैं भी।"

"तुम क्या सोच रही हो?"

"पहले तुम बताओ... तुम क्या सोच रहे थे?"

"मैं सोच रहा हूँ कि अगर मुझे स्कूल से निकाले जाने की बात कुछ दिन पहले बता दी जाती तो मैं रोज़-रोज़ छुट्टी का ख़ूब लंबा घंटा बजाया करता। छुट्टी के लंबे घंटे से सबसे ज़्यादा पहली और दूसरी क्लास के बच्चे ख़ुश होते हैं। दूसरी क्लास का एक छोटा बच्चा जब घर जाने के लिए दौड़ता है तो उसकी पैंट सरकती है।"

"उसका नाम पुपुल है। उसकी पैंट में बद्धी तो है लेकिन उसे वो कंधे से उतारकर जेब में खोंस लेता है।" बुढ़िया ने मुस्कुराते हुए कहा।

"वो एक दिन मटकते-मचकते मेरे पास आया था और शरमाते हुए बोला कि दादा जी! आज दस बजे वाला घंटा पाँच-सात मिनट पहले बजा दीजिएगा। वो अंग्रेज़ी की कॉपी लाना भूल गया था। कहने लगा कि वो सबसे आख़िरी सीट पर छुप के बैठ जाएगा और उसके हिसाब से अगर घंटा थोड़ी देर पहले बज गया तो वो कॉपी चेक कराने से बच जाएगा।"

"और तुमने वक़्त से पहले घंटा बजा दिया?" बुढ़िया ने झूठ-मूठ का ग़ुस्सा दिखाते हुए कहा।

"हाँ, दस मिनट पहले ही।" बूढ़ा खिलखिलाकर हँसते हुए बोला। बुढ़िया भी खिलखिलाकर हँसी। दोनों इतना हँसे कि उन्हें खाँसी आ गई। बुढ़िया खाँसते-खाँसते उठी और पानी लेने के लिए दौड़ी। घड़े से पानी लेकर पल्टी तो बूढ़ा पेट पकड़े हुए था। कहने लगा- "अरे राम! आज

हँसते-हँसते जान निकल जाएगी।"

बुढ़िया ने पानी का गिलास थमाते हुए कहा- "एक नंबर का चालू बच्चा है। जिस दिन आलू-मेथी लेकर आता है तो कहता है कि दादी जी आप मेरा खाना खा लीजिए। आप भी भूखी होंगी। एक दिन मैंने कहा कि जिस दिन मैगी लेकर आना उस दिन खिलाना, तो कहने लगा कि मम्मी कहती हैं कि मैगी मैदे से बनती है। मुश्किल से हज़म होती है, इसलिए आप मत खाना। आलू-मेथी बूढ़े लोग के लिए अच्छी होती है, वो खाया करो। और फिर हँसते-हँसते भाग गया।"

"अब तुम बताओ कि तुम क्या सोच रही थी?"

"छोड़ो..."

"अरे बताओ न!"

"नहीं तुम हँसोगे। और फिर खाँसने लगोगे।"

"अरे बाबा, बताओ तो। नहीं हँसूँगा।"

"अब हँसोगे नहीं तो हँसी की बात बताने का फ़ायदा ही क्या?"

"अरे बोलो भी!" बूढ़े ने चिढ़ते हुए कहा।

"मैं सोच रही थी कि उन बच्चों के जूते पर रातरानी के फूल कौन बनाएगा?"

"ये भी कोई हँसने की बात है भला?"

"मुझे लगा कि तुम हँसोगे कि साठ साल की ये बुढ़िया कैसे बच्चों जैसी बातें करती है।" बूढ़ा लेट गया। थोड़ी देर बाद बुढ़िया भी लेट गई लेकिन दोनों को नींद नहीं आ रही थी। दोनों करवट बदलकर देख रहे थे कि शायद दूसरे करवट अच्छी नींद आती हो लेकिन आज दोनों करवट नींद नहीं आ रही थी। बूढ़ा फिर से लेटे-लेटे खिड़की से बाहर झाँकने लगा।

"अच्छा, खिड़की बंद कर दो बुढ़िया।"

"अरे बंद तो है।"

"नहीं, थोड़ी-सी खुली है।"

“तो ?”

“चंद्रमा स्कूल में टँगे पीतल के घंटे की तरह लग रहा है। रौशनी चाहिए तो बिजली का बल्ब जला लो।”